„Wer will, dass die Welt so bleibt,
wie sie ist, der will nicht,
dass sie bleibt"

Erich Fried

Herstellung und Verlag:
BoD - Books on Demand, Norderstedt
ISBN 978-3-7386-1527-2

Ein Ende naht

Der dröhnende Wecker bereitete Dave starke Kopfschmerzen. „Ich muss zur Arbeit."
Mit schmerzverzerrtem Gesicht und unter enormem Kraftaufwand erhob er sich und blickte sich um. Sein Blick streifte über den Müllhaufen, den er seine Wohnung nannte, und sah nur leere Pizzaschachteln, leere Bierflaschen und weiteren Abfall, der sich über das ganze Zimmer verteilte. „Was für eine Nacht ..." Er erinnerte sich nur schwer und bruchstückhaft an die Geschehnisse der vergangenen sechzehn Stunden. „Soll ich meinen Chef anrufen und ihm sagen, dass ich krank sei?" Dave nahm zunächst ein Aspirin und hoffte, dass diese schrecklichen Kopfschmerzen endlich aufhörten. „Nie wieder Alkohol!", befahl er sich. Vor dem Badezimmerspiegel überlegte er kurz, ob er sich seinen Dreitagebart wegrasieren sollte, doch ihm war nicht nach Rasieren zumute. Er war viel zu faul dazu, so putzte er sich bloß die Zähne und klatschte sich eine Handvoll Wasser ins Gesicht. „Ich werde die Arbeit absagen." So kann man ja unmöglich zur Arbeit erscheinen, dachte er sich und ging in sein Wohnzimmer, um nach seinem Telefon zu suchen. Nach einigen Minuten fand er es schließlich zwischen chinesischen Essbechern und einem Stapel Zeitungen, die längst nicht mehr aktuell waren. Er wählte die Nummer. Es klingelte. Doch niemand ging ran. „Seltsam für einen Heimlieferservice", dachte Dave laut, und nach kurzem Überlegen entschied er sich ein

Nickerchen zu machen. „Der Chef wird schon merken, dass einer fehlt", sagte er sich mit einem breiten Grinsen. Er stapfte, noch leicht benommen von dem Restalkohol, ins Wohnzimmer, stolperte fast über eine halbvolle Bierdose, fläzte sich auf die Couch und zog schwerfällig eine alte Fleecedecke über sich, ohne zu merken, dass sich dort noch ein Stück Pizzabelag befand. Gerade als er seinen Kopf auf das Kissen bettete und seine Augen schloss, klingelte es mehrmals an der Haustür. Schweren Herzens überwand er sich und ging an die Tür. Durch den Spion erkannte er seinen besten Freund, John Armstrong. Sie sind zusammen aufgewachsen und haben die gleiche Schule besucht, hatten also eine vergleichbare Kindheit.

John hat eine sportliche Figur und kurze blonde Haare, ein markantes Gesicht mit blaugrauen Augen und einer schmalen Nase.

„Hey John, musst du nicht in der Uni sein?"

„Und du nicht bei der Arbeit?", erwiderte John.

„Montags arbeiten war noch nie meine Stärke."

„Ich weiß."

John begab sich ins Wohnzimmer und räumte den Stuhl frei, der überhäuft war mit Klamotten und angesammelten Verpackungen aus verschiedenen Fastfood-Restaurants.

„Meine Güte, so schlimm sah es ja noch nie aus. Was war denn hier los?"

Dave nahm noch ein Aspirin und setzte sich auf die Couch. „Ich weiß nur noch, dass ich die halbe Nacht mit ein paar Kollegen von einer Kneipe in die nächste gewandert bin. Das war mit Abstand die längste Sauftour, bei der ich je dabei war.“

„Du musst ja auch immer so übertreiben“, meinte John, während er seinen Laptop aus dem Rucksack kramte.

„Lass mich raten John: Du bist wieder hinter einer verschwörerischen Story her?“

„Richtig! Sieh dir das mal an.“ John durchstöberte seinen Laptop und drehte ihn zu Dave.

„Und? Was soll ich jetzt dazu sagen? Ein Stromausfall in Russland“, meinte Dave unbeeindruckt.

„Ein Augenzeuge berichtet von einem unbekannten Flugobjekt und ein weiterer erzählt, er habe dieses mysteriöse Objekt gefilmt und genau in dem Moment, als man es auf dem Camcorder hätte sehen müssen, habe dieser sich ausgeschaltet und das Tape war leer.“

Dave legte sich auf die Couch und drehte sich teilnahmslos um. „Weck mich, wenn die Aliens hier angreifen, aber bis dahin schlaf ich weiter meinen Rausch aus.“

„Deinen Sarkasmus kannst du dir sparen. Ich glaube, ich bin da einer großen Story auf der Spur. Das könnte ein neues Roswell sein.“ John räumte die Couch frei und schaltete den Fernseher ein, um durch die Kanäle zu zappen: Werbung, Touchdown in der zwölften Minute, ein Film mit Clint Eastwood, Newstime.

„… der Täter ist noch immer auf freiem Fuß. In Moskau kam es in der vergangenen Nacht zum größten Stromausfall in der Geschichte. Die Ursachen sind noch unklar, doch Hunderte Passanten glauben ein unbekanntes Flugobjekt gesichtet zu haben. Susan

Beck berichtet vor Ort: ‚Guten Tag, ganz Moskau spricht darüber. Nach dem Stromausfall blieben sämtliche Uhren in der Umgebung stehen, um exakt 2:14 a. m. Man spricht hier von einem zweiten Roswell. Ob dieses Flugobjekt in Verbindung mit den hiesigen Stromausfällen steht, ist unklar. Fakt ist, laut Luftraumüberwachung hat weder ein Passagier- noch Militärflugzeug dieses Gebiet passiert.‘“

„Hörst du? Meine Worte!“, warf John ein.

„Hier ein Augenzeuge: ‚Hi, also ich war gerade mit meinem Hund draußen, als plötzlich alle Lichter ausgingen. Mein Hund bellte und jaulte wie verrückt, als plötzlich dieses grelle Licht den Himmel erleuchtete. Es sah aus wie ein Flugzeug, bewegte sich jedoch wie ein Vogel. Ich habe schon viel gesehen, aber das kommt garantiert nicht von diesem Planeten!‘ Ob es sich hier um ein neues militärisches Flugzeug oder einen brennenden Wetterballon handelte, werden wir jetzt nicht erfahren, bis dahin zurück ins Studio.“

John schaltete den Fernseher aus. „Was hab ich dir gesagt?!“ Aufgeregt recherchierte er nach möglichen Aufnahmen.

„Wahrscheinlich war das nur eine misslungene Silvesterrakete oder ein scheiß Wetterballon oder eine brennende Eule, die hektisch auf der Suche nach Wasser war.“

„Lass doch mal deinen Scheißsarkasmus“, gab John genervt von sich.

„Nur wenn du mich endlich schlafen lässt.“ Dave räkelte sich auf der Couch herum.

„Alter, steh auf! Wir müssen, so schnell es geht, zu
meinem Dad. Vielleicht weiß er etwas, was wir nicht
wissen.“

„Du meinst, weil er der Chef eines Forschungsinstituts
ist, wo sowieso keiner weiß, was geforscht wird?“

„Genau und wenn du es nicht weiterplapperst, verrate
ich dir sogar, was dort geforscht wird.“

„Wow, endlich keine schlaflosen Nächte mehr. Ja bitte,
klär mich auf!“, sagte Dave mit seinem sarkastischen
Ton.

„Halt die Klappe und zieh dir was an, das nicht nach
Bier stinkt. Großer Gott! Dusch dich mal!“

„Dafür ist keine Zeit, hast du selbst gesagt!“, gab Dave
grinsend zurück.

„O. k., zieh deine Schuhe an. Sprüh dich wenigstens
noch mit Deo ein und komm endlich.“

„Meinetwegen. Wie in den guten alten High-School-
Zeiten. Als wir für die Schülerzeitung um die Häuser
zogen.“ Dave streifte sich ein halbwegs frisches Hemd
über und zog seine graubraunen Sneakers an – die
vermutlich einmal weiß gewesen waren. „O. k., wehe,
es stellt sich am Ende heraus, dass es wirklich nur ein
Scheißwetterballon war.“ John packte den Laptop in
seinen Rucksack, Dave nahm seinen Schlüssel und sie
verließen die Wohnung. „Wir müssen aber dein Auto
nehmen, John.“

„Ja, warum?“

„Ich glaube, ich habe im Vollrausch versucht zu fahren
und ihn in der Garage geparkt.“

„Was ist daran schlimm?“

„Naja, das Garagentor war zu.“

„Oh Mann, warum setzt du dich auch ans Steuer, wenn du so besoffen bist, du Vollidiot“, gab John lachend von sich.

„Egal, die alte Schrottkiste war eh nichts mehr wert. Die Garage allerdings muss ich wohl bezahlen, schätze ich.“

Beim Auto angekommen, stiegen sie ein und fuhren los.

„So! John. Jetzt schieß mal los. Was macht dein Dad?“

„Ich weiß nicht viel darüber, aber er sagte mir mal, dass er an einem Projekt namens ‚Nordlicht‘ arbeitet. Ich habe ein bisschen in seinen Unterlagen rumgeschnüffelt und eine Akte mit dem Namen ‚Nordlicht‘ gefunden. Darin fand ich hochkomplexe Gleichungen und Zeichnungen über Quantenphysik und angebliche Versuche mit Dimensionsreisen. Seit mehr als zehn Jahren arbeitet er nun an diesem Projekt.“

„Du willst mir also erzählen, dass es parallele Welten gibt und dein Vater diese bereisen will? Verarschst du mich?“

„Nein, im Ernst. Der Staat gibt ihm eine Menge Geld, also denke ich, dass er in diesem Gebiet Fortschritte erzielt hat.“

Sie fuhren an einer Kneipe vorbei.

„Hey, sieh mal! Ich glaube, da drüben hab ich letzte Nacht hingekotzt.“

„Sehr schön. Bin stolz auf dich!“

„Kannst du ruhig sein, ich habe sie alle unter den Tisch gesoffen!“

„Dave, sieh mal, weißt du noch damals, als wir das Haus von Mr. Hawkins mit Eiern beworfen haben?“

„Ja, aber er hat angefangen, als er uns an Halloween diese widerlichen alten, vertrockneten Lebkuchen gegeben hat.“

„Ja, stimmt“, antwortete John.

„Wie lange dauert's noch?“, fragte Dave.

„Fünf Minuten.“

Plötzlich ging der Motor aus und die gesamte Elektronik spielte verrückt, bis schließlich alles aus war.

„Was ist mit deinem Auto los?“

„Ich habe keine Ahnung. Das ist vorher noch nie passiert.“

„John!! Sieh mal. Die anderen Autos stehen auch!“

Sie verließen das Auto, um sich umzusehen. Die Autobahn stand voll mit liegen gebliebenen Autos.

„Geht dein Handy?“, wollte John wissen.

„Nein, meine Uhr ist auch tot.“

„Oh mein Gott! Sieh mal! Passiert das gerade wirklich?“

Ein Passagierflugzeug krachte in ein Hotel und explodierte. „Ein Terroranschlag!“, schrie Dave, als er sah, wie in der Ferne das Hotel brannte.

Nichts bewegte sich mehr, Autos, Straßenbahnen waren stillgelegt. „Was meinst du, geht hier vor sich?“, fragte Dave. „Ich hab nicht die leiseste Ahnung“, antwortete John langsam, als er sah, wie unzählige

Leute die Straße hinunterrannten. „Kommt mir wie eine Apokalypse vor." „Schon." John war fassungslos. Eine Reihe Kampfjets gefolgt von einer Horde Militärhubschraubern donnerte über sie hinweg.

„Okay, John, jetzt hab ich richtig Schiss! Wir sollten uns vielleicht beeilen!"

„Bin ganz deiner Meinung"

„Sag mal …", schnaufte Dave. „Dein Dad hat dort nicht zufällig einen Schutzbunker oder sowas?"

Eine weitere Explosion war zu hören und beide konnten nicht anders und drehten sich um. „Das war die Chemiefabrik am alten See!" John sah den schwarzen Rauch und wusste sofort, dass diese Explosion eine Folge des Stromausfalls war. Eine Mischung aus Panik und Angst breitete sich immer weiter aus. „Das ist das Ende!", schrie ein alter Obdachloser. Er packte Dave am Arm. „Bist du bereit deinem Schöpfer entgegenzutreten?" Dave schupste ihn weg. „Verpiss dich!" John griff nach Daves Arm. „Vergiss ihn! Wir müssen weiter! Wenn der Wind dreht, kommt die Wolke auf uns zu und ich will nicht herausfinden, was das ist!"

Unweit von den beiden nutzte ein stark tätowierter Mexikaner die Situation aus und war dabei, einer jungen Frau die Handtasche zu klauen, dabei drückte er sie gegen ein Auto, um sie noch anzufassen. Ein dumpfer Schlag beendete die Situation. Der Mexikaner fiel leblos zu Boden, gefolgt von einigen kleinen Blutspritzern. John hatte ihn mit einem Backstein niedergeschlagen.

„Laufen Sie! Am besten gegen die Windrichtung."

„Danke! Vielen Dank!", sagte sie und lief davon.

John blickte die Straße hinunter und in die Wohngegend, die er von seinem Standpunkt aus erspähen konnte. Was ihn jedoch am meisten beunruhigte, war die Tatsache, dass nicht die kleinste Regierungspräsenz vorhanden war. Keine Polizei. Kein Militär. Keine Spezialeinheiten. Ihm war klar, dass irgendwo die Nationalgarde im Einsatz sein musste, und wenn es sich nicht um die Eindämmung einer Massenpanik handelte, mussten sie im Augenblick ein dringlicheres Problem behandeln. Bei der Frage „Welches Problem?", die in seinem Kopf auftauchte, lernte er eine völlig unbekannte Art von Angst kennen.

„Was stehst du da so dumm herum? Was ist jetzt? Hat dein Dad einen Schutzbunker?", wollte Dave wissen. Dave hoffte stets auf die leichteste Lösung und mit dem Gedanken, die Situation einfach auszusitzen, könnte er sich leicht anfreunden.

„Weiß nicht." Eine Explosion donnerte durch die ganze Stadt. „Scheiße, beeil dich!", schrie Dave und rannte, so schnell er konnte. „Schnell, auf zu meinem Dad ins Forschungszentrum, bis dahin sind es nur noch ein paar Blocks!" Hysterisch rannten sie über die Parkplätze, als wäre Krieg ausgebrochen. Menschenmassen stürmten wie verrückt durch die Straßen. „Ah, was ist das?!", rief Dave, als er fast durch die Erschütterung zu Boden fiel. „Ich weiß nicht. Ein Erdbeben vielleicht?"

„Zufälligerweise jetzt?", erwiderte Dave mit seinem letzten Atem.

„Da vorne ist es! Das Forschungszentrum!“

So schnell sie konnten, eilten sie über Straßen und Vorgärten und quetschten sich durch die Massen von Menschen, die wie bei einer Stampede wild umherrannten. Klare geistige Handlungen konnte man nicht mehr vorfinden. Hier herrschte einzig und allein die Panik. Einen wirklich sicheren Ort suchte man vergeblich. Johns Versuche, sich zivilisiert zu verhalten, waren einfach nur unnötig. Ein fetter schwarzer Kerl rannte ihn gnadenlos um. Eine hysterische Frau trampelte zudem noch auf sein Bein. Dave konnte ihn noch hochhieven, bevor er noch ernsthaft verletzt wurde. „Scheiß drauf! Wir boxen uns jetzt ohne Rücksicht auf Verluste durch!“, schrie John und packte den Erstbesten vor ihm und schupste ihn zur Seite. Dave tat das Gleiche, bis sie ihr Ziel erreichen konnten. „Wie kommen wir da rein?“

„Ich habe mir heimlich die Schlüssel von meinem Vater nachmachen lassen“, antwortete John, während er hektisch nach ihnen suchte. „Habe sie! Komm, wir suchen meinen Dad!“ Sie betraten das Gebäude, doch es war verlassen. „John?! Wo sind alle hin?“

„Ich weiß nicht, vermutlich evakuiert.“

„Also war es doch ein Terroranschlag!“

„Ich glaube nicht. Dieser Stromausfall ähnelte einem EMP.“

„EMP? Was ist das?“

„Ein elektromagnetischer Puls“, antwortete ihm John, als er in einer Kartei nach Abteilung 47 suchte.

„Was suchst du?“

„Das Labor von meinem Dad.“

„Was hast du vor, wenn du es gefunden hast?“

„Wirst du schon sehen. Habe es! Komm!“

Ein weiteres Erdbeben erschütterte den Boden. Bilder fielen von den Wänden, Risse schossen wie Blitze durch den Beton. Scheiben klirrten. „John, was ist hier los?“, schrie Dave panisch.

„Ich weiß es nicht!“

Beim Labor angekommen, suchte er nach dem richtigen Schlüssel. „Mann, arbeitest du im Knast? Warum hast du so viele Schlüssel?“

„Warte, gleich, scheiße … Ah hier! Habe ihn!“

„Was wollen wir jetzt in dem Scheißlabor, wenn draußen die Welt untergeht?“

„Ich habe in den Unterlagen meines Vaters gelesen, dass es sich bei diesen Dimensionsreisen um Chips handelt, die unter die Haut implantiert werden, und mittels einer Fernbedienung springt alles, was in Verbindung mit den Chips ist, mit.“

„Versteh ich dich richtig? Du willst dir die Dinger schnappen und sie dir unter die Haut jagen und das erste menschliche Testobjekt sein?“

„Genau genommen werden *wir* die ersten Testobjekte sein.“

„Spinnst du? Das war dein Plan? Ernsthaft?!“

„Wir werden sie uns nur unter die Haut platzieren. Das tut fast gar nicht weh und im Notfall drücken wir den Knopf der Fernbedienung. Ob wir bei einem Anschlag sterben oder bei dem Versuch, in eine andere Dimension zu springen, ist doch egal. Jetzt sind wir hier! Gib mir deinen Arm", schrie John, als er die Pistole fand, mit der er den Chip platzieren wollte.

„Alter, was, wenn es schiefgeht?"

„Ich drücke den Knopf nur im Notfall!"

„Scheiße! O. k.! Mach schnell!", rief Dave, als das nächste Erdbeben den Putz von den Wänden riss und alle Laborinstrumente auf die Fliesen klirrten. John setzte die Pistole an und schoss ihm den Chip unter die Haut. „Au! Fuck! Scheiße! Von wegen tut kaum weh! Ah, wie das zwiebelt!"

„Jammer nicht rum! Da liegen noch drei Chips. Ich stecke die anderen vorsichtshalber mal ein. Wir müssen meinen Dad finden!" John nahm den anderen Chip und schoss ihn sich unter die Haut.

„Los raus hier, bevor das Gebäude einstürzt!", schrie er und stürmte den Flur hinunter in Richtung Treppen.

„Da! Ein Notausgang!" Dave kletterte hinaus und rutschte die Treppen hinunter. John rutschte direkt hinterher.

„Endlich draußen!", schnaufte Dave.

„Dave?"

„Was?"

„Das musst du sehen!"

Sie blickten in den Himmel und da war es, ein Flugobjekt, wie man es aus keinem Science-Fiction-Film kennt. Größer als jedes bekannte Flugzeug und beweglicher als ein Vogel. Metallisch leuchtend.

„Scheiße! Renn! Es fliegt auf uns zu!"

„Da vorne!", brüllte Dave und zeigte auf eine Einfahrt. „Eine Tiefgarage!"

Schutz suchend rannten sie quer über die Straße, vorbei an schießwütigen Passanten, die alles, was sie hatten, auf das Objekt feuerten. Im Tiefgeschoss sahen sie sich um. Nichts, nur herabgestürzte Betonplatten und einkrachende Wände, welche die Autos in der ganzen Tiefgarage zerquetschten.

„Hier kommen wir nicht mehr lebend heraus!"

„Bleib cool, Dave. Das Militär greift sicher gleich ein! Bis dahin verstecken wir uns unter den Metallträgern, da fällt uns wenigstens nichts auf den Kopf." Explosionen und stumpfes Donnern waren der einzige Hoffnungsschimmer, dass das Militär den Feind besiegen könnte.

„O. k. ..." Dave beruhigte sich langsam.

„John, sag mir, dass ich eine Droge genommen habe und dass alles hier nur ein übler Trip ist."

„Würde ich gern, aber wir werden wirklich von irgendjemandem oder irgendetwas angegriffen."

Die Erde bebte so heftig wie nie zuvor. Beton löste sich von der Decke und es krachte, als hätte jemand ein Haus gesprengt. „Es geht mir einfach nicht rein! Hier sind tausend Menschen, einige feuern mit schweren Waffen auf das Ding und uns greift es an?" Eine Reihe von Explosionen näherte sich. „Fuck! Verfolgt uns das Ding etwa?!", schrie Dave, als er schützend seine Hände über den Kopf hielt. Ohrenbetäubender Lärm tobte von jeder Seite, und als wenn sie nicht schon völlig überfordert wären von den Ereignissen, raste zudem noch eine riesige Feuerwand auf sie zu und die

Tiefgarage stürzte ein. Nur Feuer und Explosionen. Keine Überlebenschance.

Die Reise geht weiter

Ein dichter Nebel umhüllte die Umgebung. „Sind wir tot?", fragte Dave verwirrt. „NEIN, ich muss mich gerade anstrengen, nicht zu kotzen. Wir haben überlebt. Viel wichtiger ist, wo zum Teufel wir sind!", antwortete John, als er sich umsah und versuchte, etwas durch den dichten Nebel zu erkennen. „Wir sind tatsächlich in eine andere Dimension gesprungen!" Dave musste sich noch mit dem Gedanken anfreunden. „Das hat mein Vater also all die Jahre gemacht." „Ich muss zugeben, jetzt finde ich deinen Vater um einiges cooler. Jetzt verzeih ich ihm auch den Ausrutscher, als er mich als ‚nutzlosen Kiffer' bezeichnet hatte." „Zu seiner Verteidigung, zu der Zeit warst du auch ein nutzloser Kiffer! Ich bin froh, dass du das inzwischen im Griff hast." „Durch den Nebel haben wir zwar fast kein Sonnenlicht, aber das, was durchkommt, sieht so anders aus, oder?" Dave beobachtete seine Hand und drehte sie in dem milden, künstlich wirkenden Licht, bis ihn etwas in seinen Augenwinkeln ablenkte. „John?" „Hm?" „Sieh mal, dort drüben, da steht doch einer, oder?" „Wo denn?" Durch den Nebel sah man nur schwer die Umrisse von Büschen und Bäumen. Man konnte nicht einmal die Kronen der Bäume erkennen. Den kalten Nebel konnte man regelrecht schmecken. „Na da! Hinter dem verdorrten Busch." John sah sich um und entdeckte die Gestalt, die nur dastand, sich nicht bewegte und einen abwesenden

Eindruck machte. „Hey! Sie da, können Sie uns sagen, wo wir sind? Wir haben uns verlaufen.“ Die Gestalt nahm die beiden nicht einmal wahr. „Bist du verrückt! Du weißt nicht, was hier abgeht“, schrie Dave entsetzt. Langsam wendete sich die Gestalt und sah in die Richtung von den beiden. „Alter! Sieh dir sein Gesicht an! Was ist mit seinem Gesicht?!“, schrie Dave schockiert. Die verstörende Gestalt bewegte sich langsam mit unkontrollierten Schritten auf die beiden zu. Er hatte nur ein Auge und seine gesamte linke Gesichtshälfte sah aus, als hätte sie ein Tier zerfressen. „Ich wollte das nicht tun! Ihr habt gesagt, dass uns nichts passiert!“, schrie die seltsame Gestalt mit einer Angst einflößenden Stimme. Plötzlich rannte der Creep wie verrückt los! „Scheiße! Dave! RENNNN!“, brüllte John, als er bereits losrannte. Dave folgte ihm, so schnell er nur konnte. „Er holt auf!“, schrie Dave. „Sieh nicht nach hinten! Lauf!“, antwortete John, der bereits völlig außer Atem war und nur durch Adrenalin in Bewegung blieb. Der Creep packte Dave an seinem Arm und riss ihn zu Boden. „AAAhh! Mach irgendwas!“ John versuchte, ihm zu helfen. Erfolglos. Der Creep schlug auf Dave ein, als wäre er ein Punchingball. Unzählige unkontrollierte Schläge trafen sein Gesicht. John sah sich kurz um und nahm den schwersten Stein, den er fand, und schlug ihm mit aller Kraft auf den Hinterkopf. Er fiel zu Boden, zuckte noch kurz und brabbelte wirres Zeug, bevor er dann starb. Blut floss zusammen mit kleinen Klümpchen Hirn über das kalte Laub. „Ist er tot?“, fragte Dave, der ganz benommen von den Schlägen war. „Keine Ahnung, sieh mal nach." „Was?? Wieso ich!?" „Na gut, ich seh nach." John tastete den Hals ab und suchte nach einem Puls, vergeblich. „Er ist definitiv tot." „Oha, du hast ihn umgebracht." „Ich wollte ihn nur ausknocken und ich dachte, er bringt dich sonst um." Dave sah herab auf den Leichnam. „Das wollte er auch. Danke. Aber warum ist der Typ so durchgedreht?!" „Frag mich nicht", antwortete John. „Wir sollten nahe zusammenbleiben." „Bei dem dichten Nebel ist das mal 'ne gute Idee." „Wir dürfen bloß nicht die Nerven verlieren. Früher oder später stoßen wir wieder in die Zivilisation." „Können wir uns nicht einfach in die nächste Welt beamen?" „Also erstens beamen wir uns nicht. Wir springen. Und zweitens, das Gerät braucht einige Stunden, um wieder betriebsbereit zu sein." „Na toll, wir sind in einer Welt, die wir nicht kennen, haben gerade mal drei Meter Sicht und wurden von einem durchgeknallten Irren angegriffen", seufzte Dave. „Lalali, lalalu. Was hast du mit meinen Kindern gemacht!? Kämpfe für dein Land, sagten sie. Mama, der Kuchen ist fast fertig. Es wird uns gesund machen, haben sie gesagt, klüger werden wir sein …" Von allen Seiten traten Schreie und Stimmen hervor. „Was für eine kranke Scheiße ist hier passiert?!" Eine lähmende Angst breitete sich aus. „Sei ja leise. Kannst du das Ding nicht irgendwie hinbekommen? Ich will weg von hier!" „Wenn ich das könnte, wären wir schon weg!", antwortete John.

Schritt für Schritt liefen die beiden behutsam durch den Wald. Mit jedem zerbrochenen Zweig, auf den sie traten, pochte die Angst in ihnen. „Warum ist es eigentlich so dunkel, obwohl es Tag ist?" „Vermutlich wegen diesem extrem dichten Nebel." „Stopp! Komm hier rüber!", flüsterte Dave, als er John rüberzerrte, um sich hinter einem Fels zu verstecken. „Was ist los? Hast du was gesehen?" „Sieh selbst. Da, neben dem zwei Meter dicken Baum." „Neun, zehn, elf, zwölf, dreizehn, vierzehn. Scheiße. Vierzehn von diesen Psychos. Mach ja kein Geräusch, Dave." „Für wie blöd hältst du mich eigentlich? Meinst du, dass alle Menschen in dieser Welt durchgedreht sind?" „Bete, dass es nicht so ist. Wir können erst in ungefähr vier Stunden hier weg." „Wir sind hier in eine verfluchte Hölle gestolpert. Was zum Teufel soll denn danach noch kommen?!", fragte sich Dave. „Schlimmer als hier kann es ja kaum werden, am besten verpissen wir uns, so schnell es nur geht!"

„Dafür bin ich auch."

„Ich würde vorschlagen, wir springen so oft von einer Dimension in die andere, bis wir ein Paradies finden, wo wir für immer bleiben." „Musst du denn gar nicht an deine Freunde und Familie denken?", fragte Dave und blieb stehen. „Weißt du, mit meiner Freundin ist Schluss und mein Vater liebt nur seine Arbeit. Ich hab den ganzen Tag nur Prüfungsstress. Und du? Du hast einen Scheißjob, den man unmöglich lieben kann … Was vermisst du denn?", sagte John.

„Naja, ein neues Leben irgendwo anfangen klingt nicht schlecht, aber gleich in eine andere Dimension!?"

„Sieh es doch von der positiven Seite. Früher oder später sind wir an einem Ort, an dem wir glücklich werden können."

„Ja, kann schon sein, aber machst du dir keine Sorgen, ob deine Freunde und Verwandten noch leben?"

„Ja. Ich versuche nicht daran zu denken. Wahrscheinlich wurden nur einige Gebäude bei dem Angriff zerstört und dann hat das Militär die Angreifer besiegt."

„Du ewiger Optimist", antwortete Dave, als er weiterging.

John sah sich um, nichts als verdorrte alte Bäume, die so dicht nebeneinanderstanden, dass man nur mühselig durchkam, und wo man auch hinsah, fand man keinen Weg, der vielleicht mal als Fußgängerweg diente.

„Es ist aussichtslos! Am besten, wir hocken uns hier hin und warten, bis das Gerät sich aufgeladen hat", gab Dave von sich, als er stehen blieb.

„Nein! Überleg doch mal, überall laufen diese Psychos rum, wenn wir stehen bleiben und so einer oder zwei laufen uns übern Weg, dann sehen wir alt aus. Hey, der Kerl hatte nur ein Auge und nur eine Gesichtshälfte und trotzdem hätte er dich fast umgebracht. Früher oder später finden wir schon noch normale Menschen."

„Na gut, o. k., wir laufen noch zwei Stunden, wenn wir dann aber immer noch nichts gefunden haben, klettern wir auf einen Baum und warten ab."

„Einverstanden", antwortete John.

„Dave, der Nebel! Er wird immer dichter!“

„Von wo sind wir gekommen?“

„Ich glaube, von dort“, nahm John an, als er sich umdrehte.

„Nein, oder? Man, ich bekomm langsam echt Panik. Lass uns ein bisschen schneller laufen!“

„Dave! Hast du auch was gehört, da hinten?“

„Was??! Nein, Mann! Du machst mir eine Scheißangst, John! Lass das!“

Es wurde immer stiller. Das einzig hörbare Geräusch war das unruhige Atmen der beiden. Der Wind wehte leise, was ein sanftes Rascheln in den kahlen Baumkronen verursachte. Der Nebel nahm ihnen inzwischen jegliche Sicht.

Dave wurde immer unruhiger.

„Wieso sind wir nur hier gelandet? Hätten wir nicht mitten im Springbreak landen können?“

„Besser, als zu sterben.“

„Ja, kann ja sein, aber wir sind hier in einer Scheißhölle, wo es vielleicht kein zivilisiertes Leben mehr gibt, und wer weiß, ob das, was die erwischt hat, nicht ansteckend ist. Wir laufen und laufen, haben aber keine Ahnung, ob wir irgendwo ankommen … Mein Gott, vielleicht laufen wir seit ’ner Stunde im Kreis.“

„Jetzt sei nicht immer so negativ, wir finden bestimmt noch einen Unterschlupf.“

„Gut, dass wir so viel Zeit mit Videospielen verbracht haben, sonst wären wir bereits tot. Schade, dass wir jetzt keine Waffen haben.“

„Hehe, da hast du recht.“

„Meinst du, es existieren noch normale Menschen?“

„Ich weiß es immer noch nicht, aber was mir mehr Sorgen macht, ist der Grund, weshalb diese Leute zu derartigen Psychozombies wurden.“

„Wer weiß, wäre doch denkbar, dass hier auch so ’ne Apokalypse ausgebrochen ist.“

„Hoffen wir mal nicht.“

„Meinst du, es ist ansteckend?“

„Dave … Ich bin genauso ratlos wie du. Versuch, etwas leiser zu sein, ich hab keinen Bock darauf, dass diese Typen uns reden hören.“

„John! Hörst du das?“

„Hey, jetzt reicht’s aber, spinn nicht so rum.“

„Jetzt hör doch mal hin. Da brummt doch was. Hört sich an wie eine Maschine, vielleicht ein Generator.“

„Das heißt, es gibt noch normale Menschen! Wir sind gerettet!“

Mit letzter Kraft rannten sie, ohne zu sehen, ob ihnen ein Baum, ein Fels oder Gebüsch im Weg sein könnte. Die Schuhe plätscherten in den Pfützen, sodass ihre Hosen schon vollständig durchnässt wurden. Völlig ausgelaugt kamen sie an einer Mauer an.

Dave bestaunte hechelnd die vier Meter hohe Mauer.

„Wow, ich wär fast dagegen gerannt.“

„Ich auch … Scheißnebel, langsam könnte der ruhig mal nachlassen.“

„Ja. Was meinst du, ist das?“

„Ich hab keine Ahnung, Dave. Möglicherweise ein Militärstützpunkt.“ „Haaallloooo?! Ist hier jemand? Wie kommen wir jetzt da rein?“

Ein Metallisches Klicken machte sich aus dem Nebel heraus bemerkbar.

„Stehen bleiben! Keine Bewegung!", schrie ein Fremder in einer alten verbrauchten Soldatenuniform.

„Hey! Ganz ruhig! Wir sind keine von den Psychos!", schrie John unter Todesangst.

Der Fremde musterte die beiden erst einmal.

„Zeigt eure Tätowierungen!"

„Was?! Mann, von was redet der?", ahnungslose Verwirrung stand Dave im Gesicht geschrieben.

„Wir kommen von weit her und haben absolut keine Ahnung, was zum Teufel hier los ist", antwortete John.

„Hahaha … ihr wollt mir weismachen, dass ihr nicht wisst, warum ich gerade überlege, euch abzuknallen?"

„Abknallen? Oh mein Gott! John, der ist auch durchgeknallt! Jetzt laufen uns sogar bewaffnete Psychos über den Weg!"

„Ganz ruhig, legen Sie erst mal die Waffe weg."

John versuchte, ihn zu beruhigen.

„Oh Mann, ihr Jungs seid lustig. O. k., ich denke, ihr seid nicht infiziert. Jetzt will ich aber wissen, wo ihr herkommt", sagte der Soldat mit einer verrauchten Kratzstimme.

„Das ist eine lange Geschichte", antwortete ihm John.

„Wie ihr wollt, kommt erst mal mit zur Untersuchung."

„Was?! Was für eine Untersuchung?", entgegnete ihm Dave erschrocken.

„Wir müssen sicher sein, dass ihr nicht infiziert seid."

„John, diese Welt ist scheiße. Wir müssen schnellstens hier verschwinden."

„Folgt mir!", befahl der Soldat
„Wie heißt ihr Jungs eigentlich?"
„Das ist Dave und mein Name ist John."
„Verrückt."
„Was denn?", fragte John.
„Seit acht Jahren ist dieser Planet am Aussterben und vor zwei Wochen kamen, wie aus dem Nichts, drei Männer. Der eine hatte das Auftreten wie ein General und die beiden anderen Typen wirkten auf mich wie Bodyguards und jetzt ihr …"
„Hä? Wie sah der Mann aus?!", fragte John wie aus der Pistole geschossen.
„Kurze graue Haare, Militärschnitt, keine Mimik, graublaue Augen mit einem todernsten Blick, Jackett und Lederhandschuhe."
„Oha, John, das muss dein Dad gewesen sein."
John überlegte kurz.
„Was hat er hier gemacht und wo hat er sich aufgehalten?"
„Junge, ich weiß nicht, dieser Mann musste keine Untersuchung machen, er kam rein und wurde direkt von höchster Stelle abgeholt. Ich weiß aber, dass alle hochrangigen Generäle, Senatoren, Bürgermeister und der Präsident im Block C8 untergebracht werden."
„Wie groß ist denn dieser Stützpunkt?", fragte Dave.
„Stützpunkt? Das war mal Downtown. O. k. Jungs, wir sind da."
Erstaunt blickten sie an der drei Meter massiven Stahltür hinauf.
Der Soldat nahm sein Funkgerät.

„Hier spricht Paul, habe zwei Zivilisten, höchstwahrscheinlich nicht infiziert!"

„Alles klar!", rauschte es aus dem Mikrofon.

Langsam öffnete sich das Tor. Ein helles Licht strahlte heraus und Menschen waren zu hören. Autos fuhren vorbei.

Sie betraten das unbekannte Terrain. Diese Stadt ähnelte einem lebenden Organismus. Abgesehen von den Kasernen wirkte dieser Ort wie ein ganz normales großes Dorf. Reihenhäuser, die so nah beieinanderstanden, dass man kaum sagen konnte, wo das eine aufhörte und das andere anfing. Supermärkte versorgten die Menschen mit Nahrung, nur dass die Menschen nicht mit Dosen und Fertiggerichten den Laden verließen, sondern mit Obst, Brot und Käse.

Die Straßen wirkten trotz Beschädigungen und wetterbedingten Rissen, als habe man sie gerade geputzt.

„Mitkommen!", befahl der Soldat.

John und Dave folgten dem Soldaten. Er marschierte direkt auf ein kleines Haus zu mit einem Caduceussymbol über dem Eingang. Wahrscheinlich eine Krankenstation.

„John! Hey, sieh mal, der Typ da drüben!"

„Was? Wer denn?"

„Na da! Der raucht doch einen Joint?!"

„Tatsächlich", lachte John.

Der Soldat verfolgte die Unterhaltung der beiden Jungs.

„Seit dem Vorfall leben die Menschen in der Stadt, es gibt keinen Grund mehr, Marihuana zu verbieten.“

„Verstehe. Ein goldener Käfig“, fügte John hinzu.

Der Soldat betrat die Krankenstation. Ein langer kahler, weißgestrichener Flur führte direkt zu einem Schreibtisch, an dem eine junge, blonde Frau mit einem weißen Kittel saß. Ihre kleine Stupsnase passte perfekt zu ihren schmalen Wangen.

„Hey Sandy, ich hab diese zwei Jungs im Wald gefunden. Sie sagen, sie kommen von weit her und wissen nicht, was hier passiert ist. Am besten lassen wir sie untersuchen, bevor wir sie verhören.“

„Alles klar, Paul, Zimmer zwölf ist frei. Der Arzt wird auch gleich da sein.“

„Ihr habt’s gehört. Wartet im Zimmer!“

Der Soldat schickte sie rein und wachte vor der Tür. John und Dave betraten den Untersuchungsraum.

„Was denkst du, was das für Tests sind?“, fragte Dave, der panische Angst vor Spritzen hatte.

„Ich denk mal, Sie entnehmen uns Blut, um zu sehen, ob wir infiziert sind.“

„Shit! Nein! Im Ernst. Wir sind nicht infiziert, das müssen die doch merken.“

„Sag das nicht mir. Ich bin auch nicht scharf auf so ’n Mist.“

„Sag mal, wie viel Zeit ist denn noch, bis wir diese Hölle verlassen können?“

„Das Gerät ist aktiv, wir können springen.“

„Na, auf was wartest du? Jetzt ist der beste Moment!“

„Hast du nicht gehört, was der Soldat gesagt hat? Mein Vater war vermutlich hier und die Leute kannten ihn. Ich muss alles erfahren. Was er hier wollte und wie er zurückspringen konnte."

Die Tür öffnete sich und ein großer schwarzer Mann betrat den Raum. Er hatte kurze schwarze Haare, eine schmale Nase mit einer kleinen Narbe an der Wange.

„So. Ihr seid also die zwei mysteriösen Männer, die aus dem Nichts kamen. Mein Name ist Dr. Jenkins."

Der Arzt reichte ihnen die Hand.

„Das ist Dave und ich bin John."

„Was für Tests sind das? Und mit was sind diese Psychos infiziert?", fragte Dave mit einem leicht ängstlichen Ton.

„Nun ja. Ich kann euch nicht sagen, wie dieses Virus hierhergekommen ist. Viele glauben, es handle sich hierbei um ein misslungenes Militärprojekt, aber mein Bruder ist ein hochrangiger General. Er hat sogar mal mit dem Präsidenten zu Mittag gegessen. Er hat mir versichert, dass dieses Virus so hochentwickelt ist, dass sie nicht einmal sagen konnten, mit welchem Virenstamm es verwandt oder vergleichbar ist."

John überlegte kurz.

„Vielleicht ein Terroranschlag?"

„Unmöglich! Auf diesem Planeten gibt es einfach nicht die Technologie, um ein so komplexes Virus zu entwickeln."

„Was wollen Sie damit andeuten?", fragte Dave.

„Ich weiß es nicht. Das Virus ist lernfähig, Gegenmittel wirken nur kurzzeitig und es war auch nur im ersten

Stadium ansteckend, dann ist es mutiert und wirkt sich nur noch auf die Psyche aus. Es dockt an der Zirbeldrüse an und löst nach und nach mehr Halluzinationen, Wahnvorstellungen und extreme Aggressivität aus."

„Irgendjemand muss doch wissen, wer für einen derartigen Anschlag verantwortlich ist", gab John wütend von sich.

„Ich kann es euch nicht sagen. Fangen wir mal mit der Untersuchung an."

Der Arzt öffnete eine Schublade und kramte ein kleine Päckchen heraus.

„Wer will zuerst drankommen?"

„Fangen Sie mit mir an", antwortete ihm John und krempelte seinen Ärmel hoch.

„Du musst nicht deinen Ärmel hochkrempeln."

Der Arzt wühlte in seinem Koffer herum.

Dave beruhigte sich.

„Zum Glück, ich dachte schon, Sie nehmen uns Blut ab."

„Nein. Das Virus ist nicht über das Blut nachweisbar."

„Hä?", gab John ratlos von sich.

„Ich muss euch Hirnflüssigkeit entnehmen. Leg dich bitte auf die Liege und versuch dich nicht zu bewegen."

„NEIN!!! Das ist doch krank! Sie würden es doch merken, wenn ich so 'n Psycho wäre!"

John sprang schockiert zurück.

„Passt mal auf. Am Anfang wusste niemand, dass er infiziert ist, bis es mutierte. Dann machte es sich bemerkbar, indem der Infizierte langsam aggressiver

wurde und extrem paranoid. Die besten Freunde, die engsten Verwandten und die freundlichsten Nachbarn wurden für die Infizierten eine Gefahr, sie dachten, alle würden sich gegen sie verschwören, würden Pläne aushecken. Sie waren letztendlich nicht mehr in der Lage, einen rationalen Gedanken zu fassen. Die, die infiziert waren, konnten noch Wochen innerhalb einer Gesellschaft funktionieren und der Erreger versteckte sich währenddessen im Körper. In fast allen Blutbildern konnte man nicht das Geringste finden. Stellt euch mal vor, wie eine zivilisierte Gesellschaft langsam anfängt aufeinander loszugehen. Mein Vater saß bei mir zuhause am Tisch und aß mit mir einen Truthahn, es war Thanksgiving, wir tranken Bier und lachten, plötzlich nahm er das Messer und schrie wirres Zeug, sowas wie, ich hätte ihm sein Leben genommen. Er gab mir die Schuld an dem Tod meiner Mutter, er griff mich an und das Messer streifte an meinem Gesicht vorbei. Ich konnte ihn mit aller Kraft auf den Boden drücken und rief einen Freund an. Mein Vater wurde in ärztliche Behandlung gegeben, sie stellten fest, dass er seit acht Tagen infiziert war. Bei manchen brach es innerhalb einer Woche aus, bei anderen wiederum Monate später."
Die Augen füllten sich mit Tränen, während der Arzt versuchte, sich zusammenzureißen.
John zog sein Shirt aus.
„O. k., machen wir den Test."
„Moment mal", rief Dave dazwischen.

„Wenn dieses Virus so gefährlich ist, warum wurden wir nicht gleich in Quarantäne oder sowas gesteckt?"

„Das Virus war nur eine Woche ansteckend und über die Luft übertragbar, nach der Mutation hat es sich dermaßen verändert, dass wir es kaum erkannten. Es wurde vermutlich für einen Anschlag entwickelt und sollte sich danach von selbst vernichten, daher die lockeren Sicherheiten."

John legte sich auf die Matte, seine Haut zerrte über das kalte Leder und sein Puls raste. Dr. Jenkins griff in seinen Koffer und brachte eine riesige Spritze hervor, er legte sie direkt neben die Matte auf einen Tisch, wo bereits ein kleines rundes weißes Tuch mit Desinfektionsmittel lag. Er schüttete eine Ladung von dem Mittel auf das Tuch und streifte es über seinen Nacken.

„Junge, ich will dir keine Angst machen, aber das wird unangenehm."

John biss die Zähne so fest zusammen, dass man denken könnte, sie würden jeden Moment brechen, als der Arzt ihm das Desinfektionsmittel überstreifte.

„Entspann dich und denk an etwas Erfreuliches."

Er dachte an seine Freundin, in die er verliebt war, aber sich nie getraut hatte, etwas über das Thema zu verlieren.

„Ob sie noch am Leben ist? Vielleicht werde ich sie nie wiedersehen."

„Doc. Ich glaub, das wird nicht helfen, bringen wir's hinter uns!"

„O. k., beweg dich nicht."

Die Nadel drang langsam in seinen Nacken ein und der Arzt fing an, ihm Wasser abzupumpen.

„So, John. Das war es auch schon."

„Hab ich mir schmerzhafter vorgestellt", vermerkte John, als er sich das Desinfektionsmittel wegwischte.

„Der Nächste!", sagte der Arzt leicht amüsiert.

„Fuck! Ich will das nicht!!! John, komm schon! Drück den verdammten Knopf!"

„Stell dich nicht so an Dave, du wirst es überleben."

„Komm mir nicht so! Ich lass mir doch keine Scheißspritze in den Kopf drücken, nur damit der Arzt mir sagt, was ich eh schon weiß! Ich bin keiner von denen!"

„Jetzt beruhige dich doch mal."

Der Arzt unterbrach die Unterhaltung.

„Wenn du diese Untersuchung nicht machst, kommen gleich vier Männer, die dich festhalten. Es muss gemacht werden, erst dann könnt ihr in die Öffentlichkeit gelassen werden."

„Bitte, Dave!"

John stellte sich vor ihn und flüsterte ihm zu: „Dave, bitte. Das ist die einzige Möglichkeit, meinen Vater zu finden. Ich glaube, er weiß mehr, als wir denken!"

Nach langer Überwindung und Überlegung setzte er sich hin.

„Leg dich bitte hin. Es wird schnell vorbei sein", vermerkte der Arzt.

Dave folgte seinen Anweisungen.

„Tun Sie es! Aber schnell!"

Er schmierte ihm Desinfektionsmittel in den Nacken und setzte die Nadel an.

„Nicht bewegen!"

Eine schnelle Bewegung und sie steckte in seinem Nacken.

„AAhhh!!! SCHEISSE!!"

„Ich sagte, NICHT BEWEGEN!"

Die Flüssigkeit lief in den Zylinder und nach wenigen Sekunden entfernte sich der Arzt.

„Das wäre geschafft. Ihr müsst euch nur noch einen kleinen Moment gedulden, wir machen einen Schnelltest, der fünf bis zehn Minuten dauert."

Er markierte die Behälter mit den Initialen.

„Wie war noch gleich euer Nachname?"

„Dave Capwell und John Armstrong", antwortete John.

„Armstrong, sagst du?"

Dr. Jenkins reagierte verwundert, als er den Namen hörte.

„Ja. Wieso fragen Sie?"

„Nicht so wichtig. Ich bin gleich wieder da."

Er verstaute alles fein säuberlich in seinem Koffer, nahm die Flüssigkeitsbehälter und verließ den Raum.

„Seltsam", bemerkte John.

„Was denn?"

„Hast du nicht gesehen, wie dieser Arzt reagiert hat, als er meinen Name hörte?"

„Schon. Vielleicht kennt er ja jemand, der auch so heißt, dein Name ist nicht gerade einmalig."

„Ja, schon … Aber ich denke, da steckt mehr dahinter."

„Ladies and Gentlemen, John Armstrong, der Journalist.“

„Hör auf, wir müssen in dieses Gebäude kommen, wo sich mein Vater aufgehalten hat.“

„Block C8 … Wenn da wirklich so wichtige Leute drin sitzen, kommen wir da wohl kaum rein.“

„Wir müssen es versuchen!“

„Ich kann es dir wohl nicht ausreden.“

„Nein!“

Die Tür öffnete sich und Dr. Jenkins kam mit einem Klemmbrett herein.

„So.“

„Und? Ich sagte doch, wir sind gesund“, gab Dave genervt von sich.

„Wir haben hier ein Problem“, verkündete der Arzt, als er sich hinsetzte.

„Was soll das heißen??“, paukte John in einem ängstlich-wütenden Ton.

„Nun ja, es geht um Sie, Mr. Capwell.“

„WAS?!“

Sein Atem hielt an und das Herz raste ihm bis zum Hals. Vielleicht hatte er sich bei dem Angriff angesteckt und wurde jetzt von Stunde zu Stunde wahnsinniger, bis er genauso durchdrehte.

„Laut unseren Unterlagen sind Sie seit vier Jahren tot.“

„Wie bitte? Also bin ich nicht infiziert?“

„Nein. Aber ich wäre Ihnen dankbar, wenn Sie mir verraten würden, wie Sie von den Toten auferstanden sind.“

„John, kannst du ihm das erklären?“

„Ich denke nicht, dass er uns glaubt.“

„Jungs! Ich hab keine Lust, mir irgendein Gequatsche anzuhören. Ihr sagt mir jetzt, wo ihr herkommt und warum wir eine Leiche mit der identischen DNA haben wie Mr. Capwell!“

John beugte sich ein wenig vor.

„O. k, wir werden Ihnen diese Frage beantworten. Wir haben allerdings noch eine Mission. Sie müssen uns unbedingt in Block C8 bringen, können Sie das?“

„C8? Keine Chance, wenn ihr mir nicht verratet, was hier los ist!“

John atmete tief durch und überlegte, wie er das am besten erklären könnte.

„Sie wollen wissen, wo wir herkommen?“

„Ja …“

„Mein Vater hat an einem Projekt gearbeitet namens Nordlicht. Hierbei handelt es sich um Parallelweltreisen, man injiziert sich eine Kapsel, die sich mit einem externen Gerät synchronisiert, anschließend muss man hier den Knopf drücken und man springt in eine andere Welt. Den Beweis haben Sie ja, Dave ist hier tot, aber nicht in unserer Welt.“

„Angenommen, ich glaube euch. Wieso solltet ihr einfach mal in eine andere Welt springen?“

„Wir wurden angegriffen und als das Gebäude, in dem wir uns befanden, drohte zusammenzubrechen, haben wir es benutzt.“

„O. k., Jungs, ich lass euch einweisen! Aber verarschen lass ich mich bestimmt nicht!“

Dr. Jenkins stand kurz davor auszurasten und ging an die Wand, an der sich ein Telefon befand.

„Ich lass euch erst mal unter Aufsicht bringen.“

„NEIN! Wir kommen tatsächlich von einer anderen Welt! Wieso röntgen Sie uns nicht einfach? Glauben Sie uns, wenn Sie den Chip sehen?“, schlug Dave vor.

„Das könnte alles Mögliche sein, doch kein Teleportationschip …“

„Wir sind hier, weil wir ein Heilmittel haben! In unserer Welt haben wir ein Heilmittel für diese Krankheit“, schoss John hervor.

Der Arzt legte skeptisch den Hörer beiseite und überlegte einen Moment.

„Wartet einen Augenblick.“

Dr. Jenkins verließ das Untersuchungszimmer.

„Sag mal, John, bist du total bescheuert? Wir haben kein Gegenmittel!“

„Selbstverständlich nicht, aber wir brauchen ein Druckmittel. Ich denke, der gute Doc wird uns jetzt helfen.“ John grinste, als habe er sich einen perfekten Plan ausgedacht.

„O. k., du Genie, was glaubst du, macht der Typ jetzt?“, fragte Dave.

„Ich vermute, er redet mit irgendjemand, der uns in Block C8 bringen kann.“

„Gut, dass du immer so ein Optimist bist.“

Dave beruhigte sich wieder und ging an das getönte Fenster, um es zu öffnen. Eine schöne kleine Welt, in der die Menschen lebten, ohne Chance, jemals diesen goldenen Käfig zu verlassen.

„Denkst du, die Menschheit stirbt hier aus?", fragte Dave, als er sich die übriggebliebene Welt ansah.

„Nein, denke ich nicht. Das Virus ist ja so gut wie tot, nur diese Psychos überall machen den Leuten Angst. Es wird nicht mehr lange dauern und der Käfig wird sich öffnen. Sie hätten schon längst den Stützpunkt verlassen können, aber der Ort hier gibt den Menschen Frieden und Sicherheit."

„Für was sollte man eigentlich ein Heilmittel brauchen? Es hört sich für mich so an, als ob das Virus ungefährlich ist, nach der Mutation."

„Ich denke, es gibt immer noch Menschen, die sich infizieren. Die haben nur keine Ahnung, womit sie es zu tun haben, vielleicht leben sie auch nur aus Angst hier. Angst davor, sich wieder damit anzustecken."

„Kann sein. Vielleicht denkt die Regierung auch, dass die Welt so, wie sie jetzt ist, perfekt sei", entgegnete ihm Dave.

Die Tür öffnete sich und Dr. Jenkins betrat das Zimmer.

„Alles klar, Jungs! Ich hab mit einem alten Freund gesprochen, er ist Mitglied in einer Gruppe, die herausfinden will, wer für diesen Anschlag verantwortlich ist."

„Und wie wollen die uns helfen?", fragte Dave misstrauisch.

„Mach dir da mal keine Gedanken. Ich hoffe, ihr habt mir die Wahrheit gesagt."

„Wir müssen nur in Block C8 kommen, dann besorgen wir den Impfstoff", antwortete ihm John.

„Fliehen könnt ihr wohl kaum, außer ihr habt mir kein Märchen erzählt."

Der Arzt öffnete seinen braunen Lederkoffer, der aussah, als hätte er nie einen anderen gehabt, und kramte einen viel zu oft benutzten Stadtplan heraus.

„Hier, den werdet ihr brauchen. Ihr müsst dorthin."

Der Arzt zeigte auf eine Stelle, die nicht weit von der Krankenstation entfernt war.

„Ich habe bereits alles geklärt, ihr müsst nur Jeremy finden, er befindet sich in einem weiß-blauen Haus, kaum zu übersehen."

„Dann mal los!", schoss Dave hervor und stand schon an der Tür.

„Wir melden uns bei Ihnen, Doc", sagte John lässig, als er die Tür verließ. Dave lachte.

„Was sollte denn der Kommentar?"

„Weiß nich', mir war grade danach."

John war einfach nur froh, dass sie jetzt endlich dieses kalte Untersuchungszimmer verlassen konnten. Sie gingen durch den langen Flur, an den ganzen Zimmern vorbei, in dem sich Patienten aufhielten und auf den Arzt warteten. An der Tür angelangt betrachteten sie erst einmal genau den Plan.

Leute liefen mit alten, ungewaschenen Klamotten an ihnen vorbei. Die Straßen waren auch nicht mehr das, was sie einmal waren, Schlaglöcher und Risse machten sie zu einer gefährlichen Strecke, wenn man ein Fahrzeug hätte.

„Alles klar, wir müssen links rum und an dem Eck da vorne rechts", gab Dave angeberisch von sich.

„Mann, bist du verpeilt, wir müssen da lang!“
John zeigte in die andere Richtung.
„O. k., ich kann eh keine Karte lesen“, lachte Dave.
Sie folgten der Karte, vorbei an kaputten Häusern und auch an Wohnanlagen, die gerade renoviert wurden.
„Komm, wir holen uns da vorne was zu essen.“
Dave zeigte auf einen kleinen Supermarkt am Ende der Straße.
„Na gut“, antwortete John.
„Findest du nicht auch, dass er deine Story etwas zu schnell abgekauft hat?“
„Vielleicht liegt es an diesem Ort. Acht Jahre in einer geschlossenen Gesellschaft verändern die Menschen, aber verbinden sie auch. Er denkt, wir sitzen alle im selben Boot.“
Nach einem kurzen Fußmarsch klingelte die automatische Schiebetür des Supermarkts.
Dave stand vor einem Regal, das gefüllt war mit Snacks, die alle unbekannte Namen trugen wie: Chucky’s Crunch, Dingos Erdnuss Spezialität und Pancake Origin.
„Oh Mann, haben die keine normalen Schokoriegel?!“
„Was ist denn für dich normal, Kleiner?“, fragte ein alter Mann an der Theke, der eine dermaßen tiefe Stimme hatte, wie man sie sonst nur aus einem schlechten Horrorfilm kennt, als hätte er die letzten dreißig Jahre durchgehend geraucht.
„Nich’ so wichtig“, antwortete Dave.
John kam mit einigen Müsliriegeln, ein paar Dosen Ravioli und vier 0,5-Liter-Flaschen Wasser.

„Ich nehm das hier. Was kostet das?“

Der alte Mann sah die zwei skeptisch an und lachte.

„Was soll’s denn kosten?“

„Das wollen wir von Ihnen wissen. Machen Sie schon, wir haben es eilig.“

Dave war genervt, weil er dachte, der Alte wolle sich hier einen Scherz erlauben.

„Von welchem Planeten kommt ihr zwei Spinner denn?“

„Was meinen Sie?!“, schoss John hervor, der nicht ahnte, was dieser alte Kerl wollte.

„Wir haben schon seit fast sieben Jahren kein Geld mehr.“

„Wie soll das denn funktionieren?“, fragte Dave.

„Jeder muss seine tägliche Arbeit leisten und bekommt dann dementsprechend Essen und Trinken. Habt ihr etwa keine Arbeiterkarte?“

„Äh, nein“, sagte Dave.

„Wir können hier nichts kaufen. Komm, wir gehen zu diesem Jeremy. Vielleicht kann der uns Essen und was zu trinken geben.“

„Ja, o. k.“ Dave ließ die Sachen an der Theke liegen und die Schiebetür erklang ein zweites Mal, als sie den Markt verließen.

„Komm! Das Haus ist nur noch einen Sprung von hier entfernt“, kommentierte John und ging voraus.

Nach sechs Minuten Fußweg waren sie angekommen. Ein weiß-blaues Haus. Das größte Haus weit und breit. Drumherum war ein kleiner Garten mit einem Maschendrahtzaun.

„O. k., lass uns mal klingeln“, schlug Dave vor, als er vor dem Gartentor stand. John klingelte.
Nach ungefähr fünfzehn Sekunden ertönte die Sprechanlage.
„Wer ist da?“, knirschte es aus den mitgenommenen Lautsprechern.
„Mein Name ist John und mein Kumpel hier heißt Dave. Dr. Jenkins schickt uns.“
Die Gartentür summte und sie betraten das Grundstück, vorbei an dem Garten und den Kameras, die alles beschatteten. Die Eingangstür öffnete sich und ein junger Mann von siebenundzwanzig Jahren stand vor ihnen und ließ sie passieren. Er hatte einen ungepflegten, dunkelbraunen Bart, eine lange, kantige Nase und braune, lange Haare und sein Bierbauch verriet ihnen, dass er vermutlich kein Problem hatte, an Essen zu gelangen. Sie mussten durch einen kurzen Flur, der direkt in ein Zimmer führte, das unter anderen Umständen ein schönes Wohnzimmer sein könnte, hier aber war es ein Besprechungsraum mit einem großen runden Tisch und Blaupausen in der Mitte liegend, an der Wand hingen überall Landkarten mit kleinen Fähnchen und Schnüren, die offensichtlich eine Spur einkreisten. John musterte erst einmal den anderen seltsamen Fremden mit seinen roten kurzen Haaren, seinem grauen Sweatshirt und seiner grün-braunen Camouflage-Hose.
„Ihr bringt uns also ein Heilmittel? Verstehe ich das richtig?“, fragte der Fremde.

„Ja, dafür musst du uns helfen, in Block C8 zu kommen, wir brauchen etwas, was sich darin befindet.“

„Was genau?“, entgegnete ihnen der Fremde.

„Unterlagen“, antwortete John.

„Alles klar, das dürfte kein Problem sein. Ach ja, mein Name ist Jeremy.“ Er reichte Dave die Hand.

„Äh ja, ich bin Dave, das ist John.“

Sie schüttelten sich zur Begrüßung die Hände.

„Was hat Dr. Jenkins gesagt?“, fragte John.

„Ja, das ist ’ne geniale Story.“

Jeremy lachte.

„Er meinte, ihr kommt von einer Art Parallelwelt und wollt uns helfen. Ich kenne Jenkins schon seit Jahren und wenn er was sagt, dann stimmt es auch. Also, was kann ich an so einer Geschichte glauben?“

Dave war ein wenig gereizt von allen Leuten aus dieser kaputten Welt.

„Pass auf, du kannst glauben, was du willst, aber ich denke mal, dass der Doc dir auch gesagt hat, dass ich in eurer verkackten Welt tot bin, also bin ich der Beweis!“

„Das sagte er auch. So was muss man erst mal verdauen“, antwortete Jeremy.

„O. k., verschwenden wir keine Zeit und fangen mit der Arbeit an! Einer meiner Leute wird euch begleiten und in den Block einschleusen. Es gibt kaum noch Sicherheit in diesem Gebäude, man benötigt nur eine Karte mit einer entsprechenden Sicherheitseinstufung. Ihr werdet allerdings den Hintereingang benutzen.“

Jeremy sah auf seine Uhr und überlegte kurz.

„Kassy! Die Arbeit ruft!", brüllte er durch das ganze Haus.

„Was gibt's, Chef?", antwortete eine junge Frau. Sie kam gerade die Tür herein.

John prägte sich bereits die Blaupause von dem Gebäude ein. „Und wo soll dieser Hintereingang sein?" Dave sah das Mädchen.

„Ach, du Scheiße", brabbelte er vor sich hin, als er sie musterte.

Kurze gestylte schwarze Haare, die wild aussahen, aber im gesamten eine perfekte Frisur bildeten, ihre Nase war klein, passend zu ihren schmalen Wangen. Ihre mandelförmigen Augen erinnerten an Models aus Zeitschriften, deren Blick alleine genügt, um jedes Männerherz zu erobern, ein dezenter Hauch von Schminke betonte perfekt ihre dunkelbraunen Augen. Die Kleidung schien neu zu sein, ein modisches Oberteil betonte ihren überdurchschnittlich schlanken Körper, ihre Brüste waren klein und zart. „Ah, da bist du ja Kassy", stellte Jeremy fest, als sie den Raum betrat.

John drehte sich um und sah sie an. Er erstarrte, als wäre sie ein Geist.

„Kassidy, das ist Dave und das John. Du musst sie in Block C8 einschleusen."

John konnte immer noch nicht glauben, wen er da sah. Dave wusste genau, was hier vor sich ging. John lief auf Kassidy zu, es bildeten sich Tränen in seinen Augen. Er umarmte sie so fest, als wolle er sie nie wieder loslassen.

„Lily! Ich dachte die ganze Zeit an dich. Hat mein Vater dich hierher gebracht? Wo ist er? Ich bin so froh, dass es dir gut geht. Ich hatte dauernd den schrecklichen Gedanken im Hinterkopf, dass du gestorben sein könntest und ich dir nie sagen kann, wie sehr ich in dich verliebt bin.“

„Wow! Was ist hier los?! Jeremy, wer is'n der Typ? Hilf mir mal!“, schrie das Mädchen ängstlich.

„John, ich glaube, das ist nicht Lily“, bedauerte Dave. John löste langsam die Umarmung und konnte nicht glauben, dass die Augen, in die er gerade blickte, nicht die waren, in die er sich verliebt hatte.

„John? So heißt du doch, richtig? Es tut mir leid, aber ich bin nicht die, für die du mich gerade hältst. So sehr kannst du das Mädchen doch gar nicht lieben, wenn du sie so leicht verwechselst“, sagte Kassy.

John ging einen Schritt zurück. In dem Moment wurde ihm alles klar. Eine identische Welt, nur ein anderes Universum. Das bedeutete, hier existierten die gleichen Menschen, nur andere Versionen. Auf diese Erleuchtung musste er sich setzen.

Ob Lily lebt? Die Frage blieb weiterhin noch offen.

„Kassidy ist also dein richtiger Name“, brabbelte John entsetzt vor sich hin. Er wollte es einfach nicht wahrhaben. Seine Gefühle spielten verrückt. Schockzustand.

„Hey John, versuch dich zu sammeln! Ich bin sicher, Lily lebt noch. Sie wird sich vermutlich rechtzeitig in Sicherheit gebracht haben. Lass uns die Mission erfüllen!“

„Du hast recht, Dave."

Johns Herz pochte unbeschreiblich.

„Ich möchte nicht taktlos sein, aber wir haben nicht mehr viel Zeit. In einer Stunde werden die Sicherheitsmaßnahmen erhöht", gab Kassy von sich.

„Hast du ein Auto, Kassidy?", fragte Dave.

„Nenn mich Kassy. Ja, habe ich", antwortete sie, als sie ihre Schuhe anzog.

„John, ist alles o. k. bei dir?", fragte Kassy besorgt.

„Ja. Fahren wir!", sagte er, etwas neben der Spur.

Dave kannte ihn zu gut, er wusste, dass er mal wieder seine Gefühle unterdrückte, um keine Schwäche zu zeigen. Sie verließen das Haus und liefen direkt an eine Garage, wo sich ein alter Hummer befand.

„Coole Karre. Im Ernst!", Dave bewunderte die alte Militärkutsche. Die Stoßstange zeigte, dass dieses Fahrzeug schon einiges durchgemacht haben musste. Kratzer und Dellen gaben dem Auto einen völlig eigenen Charakter. Die Tarnfarben hatten auch schon lange ihren Dienst quittiert.

Der Rückspiegel wurde mit alten Patronen von verschiedenen Waffen dekoriert, wie ein Souvenir aus einem Krieg. Sie stiegen in das Fahrzeug, die Tür knarrte beim Öffnen. Der Sitz war weich und ordentlich durchgesessen, zudem roch er nach kaltem Zigarettenrauch und Benzin. Sie fuhr los, noch ehe alle angeschnallt waren.

John war in Gedanken ganz woanders. „Lass uns schwimmen gehen!" Lily strahlte bei dem Gedanken. „Es ist mitten in der Nacht und wir haben keine

Schwimmsachen dabei." Sie rannte auf dem Steg entlang, der weit über den Weiher führte. „Du hörst dich an wie ein Spießer, John. Du hast doch Unterwäsche, oder nicht?" Er fing an, sich auszuziehen. „Na gut, wie du willst, springen wir rein!" Ausgezogen, bis auf die Shorts, sprang er Kopf voraus hinter ihr her. „Lily?" Sie tauchte einen Moment. Stille breitete sich aus.

„Wo bist du?"

Die einzigen hörbaren Geräusche waren die von den beiden verursachten Wellen. Die plötzliche Ruhe beruhigte auch die Wellen. „WA!", plantschte sie aus dem Wasser, um John zu erschrecken. „Dachte schon, du wärst abgesoffen."

„So leicht geh ich nicht unter." Sie streifte sich die nassen Haare aus dem Gesicht. „Schade, ich hab mich schon auf die Mund-zu-Mund-Beatmung gefreut." Lily lachte schelmisch. Sie sah John ein wenig verträumt an und es wurde still. „Weißt du, John, es gibt niemand, mit dem ich lieber Zeit verbringe als mit dir."

„John, John! Hey!!", schrie Kassy. „Wir sind gleich da, nicht einschlafen!"

Vorbei an unzähligen Wohnblöcken und Kasernen kamen sie schließlich in einem Gebiet an, wo der Zugang nur für Soldaten bestimmt war.

„Keine Sorge, ich hab 'ne gefälschte Chipcard", prahlte sie.

Die Schranke öffnete sich und sie fuhren auf das Gelände, direkt auf ein großes Gebäude zu, an dessen Ecke zwei Quadratmeter groß „C8" stand.

Nicht weit von dem Block war eine gigantische Halle, aus der man Schüsse hören konnte. Vermutlich ein Übungsplatz.

„Wir sind da, haben aber nicht viel Zeit. In einer Stunde schlägt es Alarm, so lange können wir uns hier aufhalten. Ihr solltet euch beeilen! Wenn wir geschnappt werden, bekommen wir vier Jahre!"

„Dann sollten wir uns nicht erwischen lassen", antwortete John.

„Kommt mit!", befahl Kassy.

Sie liefen zügig an der Seite des rotbraunen sandsteinfarbenen Gebäudes vorbei, in Richtung Hintertür.

„Los, beeilt euch!", fauchte Kassy nach hinten.

„Wo müsst ihr genau hin? Welches Büro?", fragte Kassy, als sie die Hintertür öffnete.

„Das wird dir nicht gefallen ... Wir haben keinen Dunst, wo wir hinmüssen." Dave war leicht amüsiert von der Situation.

„Is' jetzt nicht euer Ernst!", zischte Kassy voller Aufregung.

„Beruhige dich. Wir müssen eine Kartei suchen, in der sich Bürodaten befinden. Dort suchen wir nach Unterlagen von Gabriel Armstrong."

John war ihr einen Schritt voraus.

„Wo geht's zu den Archiven?", wollte John wissen.

„Kommt mit. Am Ende des Flurs", antwortete Kassy.

Sie rannten, so schnell sie nur konnten, an den abgeschlossenen Büroräumen vorbei.

„Scheiße! Es ist abgeschlossen!", fluchte Dave bei dem Versuch, die Tür zu öffnen.

„Lass mich mal ran."

Kassy griff in ihre Hosentasche und kramte einen kleinen Beutel heraus, wo sich Schlosserwerkzeug befand. Nach einigen Handbewegungen mit dem Werkzeug öffnete sich auch schon die Tür.

Ein großer Raum voller Aktenschränke. Der PVC-Boden wurde erst vor kurzem gereinigt, sein Geruch erinnerte an den eines Krankenhauses und an der Wand hingen Bilder von wichtigen Persönlichkeiten.

„Der Name kommt mir bekannt vor. Armstrong", sagte Kassy.

John stöberte hektisch in den Unterlagen unter „A". Dave stand an der Tür und spähte nach draußen.

„Ich hab's! Büro 23."

„Okay, los!", rief Dave und sprintete voraus.

„23 ist ein Stock über uns!", rief Kassy und bog am Ende des Flurs ab, um ins Treppenhaus zu gelangen. So schnell sie konnten, sprangen sie die Treppen hoch.

„Kassy, wieso ist hier niemand?", fragte John skeptisch.

„Ich sagte doch, wir haben wenig Zeit. Die eine Gruppe befindet sich am Schießstand und das Sicherheitspersonal hat Schichtwechsel."

„Gut geplant", fügte Dave in der Hektik hinzu.

Sie rannten an abgeschlossenen Büros vorbei, 20, 21, 22.

„Hier ist es!", rief Kassy und kramte ihren Beutel raus. Eine Drehung, ein kurzer Ruck und offen war die Tür.

„Ich hoffe, ihr findet, was ihr sucht. Mein Job ist hiermit erledigt", sagte Kassidy.

John durchstöberte bereits den Schreibtisch.

„Kassy, gefällt dir diese Welt? Ich meine das Leben, das du jetzt führst", fragte John, als er eine Schublade nach der anderen durchsuchte.

„Ich kenne die Welt, so wie sie einmal war, kaum noch. Meine Familie starb bei dem Anschlag."

„Hey, Leute!", schrie John voller Freude.

„Haste was?", fragte Dave voller Hoffnung.

„Ein Brief von meinem Vater an mich."

„Lies vor!", stieß Kassy hervor.

Hallo John, mein Sohn,
wenn Du das hier liest, bedeutet das, dass Du überlebt hast, und somit kann Deine Reise beginnen. Ich wusste nicht, ob Du diese Welt heil durchlebst. Jeden Tag denke ich an Dich, doch wir müssen uns auf etwas Schreckliches vorbereiten. Denk nicht, dass Du diese Technologie benutzen kannst, um Dir einen bequemen Ort zu suchen. Nein. Du musst Dich auf eine lange und gefährliche Reise begeben. Folge meiner Spur und finde mich und die Überlebenden. Du musst Dich beeilen! Bald kommen sie, wir nennen sie „Heuschrecken". Mehr möchte ich Dir jetzt nicht sagen. Finde mich! Folge dem Symbol. Alles, was Du über meine Arbeit herausgefunden hast, habe ich Dir absichtlich offenbart. Ich weiß, dass Du ein guter Journalist bist. Du musst noch etwas Wichtiges über diese Dimensionssprünge erfahren, es gibt

Schnittstellen – wir nennen Sie „Ports". Du kannst mich nur finden, indem Du die richtigen Ports durchwanderst, finde jemand, der sich hier auskennt, und geh an die Ecke, wo sich der Wasserturm befindet! Dort fängt der Port an, der Dich zu mir bringt. Am Ende der Reise wirst Du der Einzige sein, der uns retten kann!

In Liebe, Dein Vater

„Was meint er damit? Wieso sollte ich alle retten können?"

„Wasserturm? Ich weiß, wo das ist, das is' nich' weit weg von hier. Fünf Minuten!", sagte Kassy.

Eine ohrenbetäubende Sirene schallte über das gesamte Gelände. Soldaten stürmten aus sämtlichen Kasernen.

„Scheiße!! Nein!! Wir kommen in den Knast. Wir müssen abhauen!" Kassy bekam Panik. Sie rannten zurück an die Treppe, wo ihnen bereits Soldaten entgegenkamen.

„NOTAUSGANG!", schrie Dave.

Zurück rannten sie wieder an den Büros vorbei, auf ein Notausgangsschild am Fenster zu.

„Dave, ich liebe Notausgänge!", gab John mit letztem Atem von sich.

„Wieder hat er unsere Ärsche gerettet!", fügte Dave hinzu.

Mit den Soldaten auf den Fersen rannten sie ans Auto. Hektisch steckte Kassy den Schlüssel rein und drehte ihn. Zündung.

„Er springt nicht an!“

„WAS?!“

John und Dave drehten sich um. Die Soldaten kamen näher.

„Er zieht eine Waffe!“, schrie Dave.

Kassy schloss die Augen und versuchte es noch einmal.

„Bitte, bitte, bitte …“ Und da ertönte es, das schönste Geräusch, der wunderschöne Klang des brummenden Motors.

„Endlich!“ Kassy fiel ein Stein vom Herzen.

„Verdammte Scheiße! Leute, da heizen zwei Jeeps auf uns zu!“

Dave nahm den Gurt und schnallte sich an, als Kassy das Gaspedal fast bis zum Boden durchdrückte. Der Hummer durchbrach mit Vollgas die Schranken, die Reifen rauchten und quietschten, als das Auto um die Kurve schlitterte.

„Dave, hast du noch den Chipper?“

„Ja, wieso?“

„Gib ihn mir mal und einen Chip.“

„Was hast du vor?“

„Frag nicht! Gib ihn mir!“

Dave griff in seine riesige Tasche an der Seite seiner Baggyjeans und gab John, was er wollte.

John steckte eine der Kapseln in die Pistole.

„Was ist das?“, schrie Kassy, völlig überfordert von der Verfolgungsjagd.

„Achte auf die Straße!“, antwortete John und setzte die Pistole an Kassys Schulter an. Schuss.

„Au! Du bekloppter Irrer! Was war das!“

„Beruhige dich. Du bist auf der Flucht, in einer Welt, die nur noch aus einer Stadt besteht. Willst du mit uns kommen?“

„Wohin?“

„Wissen wir nicht, erst mal in ein angenehmeres Universum.“

„Universum? Hä?!“

„Ja, wir kommen aus einer parallelen Welt.“

„Und das Heilmittel?“

„Existiert nicht. Wir haben es erfunden, um ein Druckmittel zu besitzen.“

„Scheiße! Ich kann doch meine Leute nicht im Stich lassen!“ „Was denkst du, werden die hinter uns wohl mit dir anstellen?“ „Ach Scheiße, bin dabei, fuck!“

Brutal riss er das Auto um die Kurven, der rechte Scheinwerfer hing nur noch an Drähten und die Benzinanzeige stand bereits auf Reserve.

„Da vorn ist der Wasserturm! Welches Symbol meinte dein Vater?“

„Ich weiß es nicht!“

„Leute, seht da vorn an der Ecke!“ Dave zeigte mit dem Finger auf ein mit Graffiti gesprühtes Symbol. Es war ein Kreis, in dem sich eine Acht befand, die auf der Linie entlang schwarze Punkte hatte.

„Das muss es sein!“, rief John und holte die Fernbedienung aus seiner Tasche.

„Es leuchten drei Lichter! Das Gerät ist bereit!“

John sah auf das Gerät.

„Halt!“, brüllte Dave.

„Was denn?“

„Stopp vorher das Auto, nicht dass da was schiefgeht.“
„Hast recht, fahr rechts ran!“, befahl John.
Das Auto kam zum Stillstand. Der Jeep hintendran raste auf sie zu.
„Alle bereit?“, schrie John.
„Ja …“
„Denke schon …“, antwortete Kassy.
Soldaten stiegen aus und bewegten sich auf den stehenden Hummer zu. John sah Kassy in die Augen und drückte den Knopf. Umgeben von Lichtern, mit einem Gefühl, als stecke man in einer Mikrowelle und würde langsam erhitzt, wurden sie durch die Materie gedrückt.
„Woa, ist mir schlecht, zum Kotzen!“, meckerte John.
Kassy kam langsam wieder auf die Beine und überschaute die Umgebung, als sie sich ansatzweise wieder gesammelt hatte.
„Da … das ist das Eindrucksvollste, was ich jemals gesehen habe.“

Zukunft wird Gegenwart

„Was zur Hölle ist das hier?" Die Übelkeit stand Dave leichenblass im Gesicht geschrieben. „Als wären wir auf einem fremden Planeten", gab John von sich, als er den kleinen Hügel herabsah und dort eine leuchtende Stadt vorfand. Unzählige Bauwerke in futuristischen Formen, Türme, die in einer leuchtenden Halbkugel endeten, himmelblaue Pyramiden, Glastürme mit schrägen schwarz-weiß getönten Scheiben. Autos, die geräuschlos die Straßen entlangfuhren. Manche Gebäude sahen einfach nur aus wie ein riesiger Marmorwürfel mit einer sanften violetten Beleuchtung. „Hey Leute, das ist doch die Zukunft oder wo habt ihr mich hin verschleppt?", fragte Kassy völlig erstarrt über diesen Anblick, als würde sie das erste Mal das Licht der Sonne kennenlernen. „Ich denke nicht, von Zeitreisen war nie die Rede. Lasst uns die Stadt mal ein bisschen bewundern, Leute!"

„Ja, gute Idee! Endlich nicht mehr auf der Flucht zu sein, tut ja so dermaßen gut!", fügte Dave hinzu, als er schon loseilte.

„Na, hoffentlich bleibt das auch so! Im Ernst, ich will nie wieder auf der Flucht sein! Weder vor Verrückten noch vor dem Gesetz." Kassy folgte Dave mit gemischten Gefühlen. Ein kreisförmiges Flugobjekt überflog die Stadt, es wechselte zwischen grellen roten und grünen Lichtern. „Das ist wohl 'ne Untertasse", gab Dave euphorisch von sich. „Wie bekommt man in einer fremden Welt einen Kaffee und dazu ein Sandwich?", fragte Kassy die zwei Jungs, als hätten sie eine Ahnung. „Kassy, wir wissen über das Reisen in parallelen Welten genauso viel wie du. Am besten fragen wir einfach einen Typ auf der Straße und tun so, als wären wir Ausländer."

„Sind wir das nicht John?"

„Technisch gesehen: nein. Du bist hier geboren, nur in 'nem anderen Universum."

„Also bin ich ein Ausländer!"

„Nein! Das ist dasselbe Land, nur ein anderes Universum!"

„Ich bin ein Ausländer, der dieselbe Sprache spricht." Dave lachte schelmisch.

„Na gut, meinetwegen, Dave!", leicht genervt suchte John einen Passanten, um zu wissen, welche Währung es hier gab. „Dave, wie viel Geld hast du bei dir?"

„45 Dollar, wollte mir eigentlich ein bisschen Dope kaufen, aber das finden wir hier sicher nicht oder meinst du, wir finden hier genmanipuliertes Superdope?"

„Ich denke nicht, aber vielleicht finden wir endlich mal was zu essen."

„Hey Leute, ich frag jetzt mal jemand, wie das Geld hier aussieht, aber ihr müsst mitkommen, um es zu vergleichen." Kassy lief auf den erstbesten Passanten zu. Sie fragte einen gut gekleideten älteren Mann: „Entschuldigen Sie bitte, wir sind auf der Durchreise und ich würde gerne wissen, wie das Geld hier aussieht, würden Sie mir ein paar Scheine zeigen?"

„Von wo kommen Sie denn? Wir haben die gleiche internationale Währung wie jedes andere Land auch.“
„Internationale Währung? Darf ich sie sehen? Wir kommen von ’ner kleinen Insel.“
„Na, die Insel möchte ich mal sehen, hier ich zeig dir unsere Währung.“ Der Mann griff in seine Innentasche und holte einen Geldbeutel raus, in dem sich ungefähr siebzig Dollar befanden. „Haben Sie wirklich eine andere Währung als diese?“, fragte er skeptisch.
„Nein, ist doch dieselbe, danke.“ Kassy drehte sich zu John. „Und? Ist das dieselbe, die ihr dabeihabt?“
„Auf den ersten Blick, ja.“
„Was meinst du, John? Das ist doch der gleiche Dollar, wie wir haben, und genialerweise kann man auf dem gesamten Planeten damit bezahlen.“
„Ist dir echt nichts an dem Geld aufgefallen?“
„Nö, wieso?“
„Na, da sind andere Präsidenten abgebildet!“
„Shit! Vielleicht merkt es ja niemand, wenn wir damit bezahlen.“
„Ja, und wenn, sind wir wieder auf der Flucht!“
„Und wie sollen wir hier an Geld kommen, Leute?“, fragte Kassy genervt.
„Ja, ich will ja nicht nerven, aber wie wäre es mal mit einer entspannenden Nacht in ’nem Hotel und ein deftiges Abendessen würde uns auch ganz guttun!“ Dave setzte sich genervt auf eine Sitzbank und beobachtete die Autos, die vorbeifuhren. Lautlose Wunder der Technik, aber keine Marke, die ihm bekannt war. Ein sportliches Auto fuhr vorbei.

Dolonko, breite Reifen, die Lackierung schimmerte in einem klarem Silber, als würde es auch im Dunkeln leuchten, sogar die Scheiben waren silber und das einzige Geräusch, was zu hören war, waren die Reifen auf dem Asphalt. Eine himmlische Welt für jeden Autoschrauber. „Es nützt nichts, Trübsal zu blasen! Überleg dir lieber mal, wie wir an Kohle kommen, Dave!" John wurde nach und nach ungeduldiger, als ihm klar wurde, wie hilflos sie in dieser Welt waren.

„Jungs, ihr kommt doch aus einer Welt mit Geld! Also muss es doch eine Möglichkeit geben, oder? Wie kommt ihr sonst an Geld?" Kassy war optimistisch und voller Freude, da es hier keine Infizierten und keine Militärleute gab, die sie jagten.

„Das ist es! Kassy hat recht, wir suchen uns Arbeit!" Dave stand energiegeladen auf.

„Wir suchen uns irgendeinen Job, Teller waschen, Toiletten putzen … egal was! Hauptsache, wir schlafen heute Nacht in einem Hotel, Leute!"

„Du hast recht!", John blickte bereits die Straße runter, auf der Suche nach einem Restaurant oder Kneipe.

„Was ist das? Ein Job?" Kassy konnte den beiden nicht ganz folgen. „Verrückt, dass gerade ich jemandem erkläre, was ein Job ist. Also Kassy, du erbringst für jemand, der ein Geschäft oder eine Kneipe oder sonst ein Unternehmen leitet, eine Dienstleistung und für diese Leistung wirst du stundenweise bezahlt, sprich, wenn wir alle eine Arbeit finden, haben wir bis heute Abend genug für ein Nacht im Hotel und ein gutes Essen", erklärte Dave.

Sie liefen durch die Stadt, um einen potenziellen Arbeitgeber zu finden. Der Himmel war klar und die Luft ungewöhnlich angenehm. Die Gebäude stellten alles in den Schatten, was sie jemals zu Gesicht bekamen.

John blieb stehen und starrte in eine Seitenstraße hinein. Sprachlos, als habe er einen Geist gesehen.

„Leute …", gab er leicht verängstigt von sich.

„Was ist los? Wir dürfen keine Zeit verschwenden, John!" Dave wurde langsam ungeduldig.

„Alles o. k. bei dir?" Kassy sah ihm direkt an, dass etwas nicht stimmte.

„Nun sag schon, was los ist!"

„Ich glaube, ich verliere meinen Verstand. Da vorne hab ich was gesehen!" Alle drei starrten eine Minute die Straße runter. Nichts.

„Was hast du gesehen, John?"

„Ich glaub, ich halluziniere. Da lief ein Kerl mit einer roten Lederjacke und kurzrasierten Haaren, mitten auf der Straße und von einer Sekunde zur anderen löste er sich auf."

„Er löste sich auf?", Kassy glaubte ihm.

„Vielleicht haben die Leute in dieser Welt auch die Technik, um zwischen den Universen zu springen, so wie wir", spekulierte Dave.

„Nein, erst waren seine Beine weg und dann der Rest!", sprachlos hielten sie Ausschau nach dem mysteriösen Kerl.

„Wow!? Was zur Hölle! Da ist er! Rote Jacke, verdammte Scheiße, der kam eben aus dem Nichts!" Daves Herz pochte bis zum Hals.

„Ich hab Angst. Was ist das? Wie hat er das gemacht?", fragte Kassy.

„Ich will ihn fragen", John war sich sicher.

„Du spinnst doch! Scheiße, der Typ kann sich unsichtbar machen oder beamen! John, du bist ein Bruder für mich und ich habe keine Lust, dass du von einem Alien oder was auch immer wir gesehen haben, umgelegt wirst!"

„Übertreib nicht, Dave. Seit wir hier angekommen sind, hab ich keine Polizei, kein Militär und keine Straßenjunkies gesehen, die einem Stress machen. Ich bin überzeugt, dass diese Welt bei weitem friedlicher ist als unsere."

„Wie wäre es, wenn wir die Antworten in einer Bücherei suchen? Kann ja sein, dass so 'n Typ die einzige Gefahr in diesem Universum ist. Vielleicht sind da ja noch mehr und wir können sie nicht sehen!" „Ach du Scheiße, denkst du das echt?", flüsterte Kassy leicht paranoid und sah sich möglichst unauffällig um. „So 'n Scheiß", flüsterte sie. „Denkst du echt, dass hier noch mehr sind?" „Kann doch sein, warum nicht?", Dave musste sich zusammenreißen. Kassy näherte sich John. „Habt ihr das gehört? Da war doch was!" Sie wurde leicht panisch. „Oh mein Gott, Kassy! Reiß dich doch mal zusammen. Dave ist ein paranoider Kiffer, lass dich nich' anstecken!" „Na gut, ich versuch's."

„Schade, dabei wurde es gerade witzig. Steht der Plan noch mit der Bibliothek?"

„Meinetwegen, Dave, wir fragen jemanden nach einer Bibliothek." Wieder ergriff Kassy die Initiative und lief auf eine ältere Dame zu mit grau gelocktem Haar und unzähligen Falten im Gesicht. Ihre Kleidung sagte aus, dass sie sehr wohlhabend sein musste, ein edler schwarzer Mantel und die dazu passenden Hosen. Sie sah aus wie die Chefin einer Damenboutique.

„Entschuldigen Sie, ich habe eine Frage. Wissen Sie, wo wir hier die nächste Bibliothek finden?"

„Es gibt hier in der Stadt drei. Die nächste finden Sie gleich am Ende der Straße. Das ist eine sehr schöne Bücherei."

„Dankeschön", Kassy lächelte die nette Dame an und ging auf die anderen zu, die sich ein paar Meter zurückhielten.

„Die Straße runter finden wir eine."

„Dann mal los! Ich will jetzt wissen, was das für ein Kerl war und wie er das gemacht hat."

„Da spricht wieder der Journalist in dir." Dave folgte John im schnellen Tempo.

„Jetzt rennt doch nicht so, ich will auch noch was von der Stadt hier sehen! Ich hab nie was anderes gesehen als meine kleine Welt und mit einem Knopfdruck bringt ihr mich in ein Paradies! Dann will ich mir auch alles angucken!"

John sah Kassy kritisch an.

„Wie kannst du sowas sagen, nach dem, was wir gesehen haben?"

„In meiner Welt gab es nur verrückte Dinge. Schon vergessen?"

„Es gab aber keine Menschen mit Superkräften!", erwiderte John, der immer noch die Straße entlangeilte und noch verarbeitete, was er sah.

„John, denk daran, dass wir Ausschau nach dem Symbol halten müssen. Irgendwo muss eins sein und dann finden wir bestimmt wieder eine Botschaft, wo wir den nächsten Punkt zum Springen finden."

„Ja klar, aber findest du es hier nicht interessanter? Nach dem Untergang von unserer Welt und der danach hab ich es nicht gerade eilig."

„Ich will genauso wie du deinen Vater finden, der weiß bestimmt alles über diese Welten, oder?"

„Kann sein, immerhin hat er diese Technologie erfunden", bemerkte John angeberisch.

Energisch marschierten sie weiter und hielten Ausschau nach der Bücherei. Sie blickten die Straße hinunter, die nicht ein Schlagloch oder sonst irgendeine Gebrauchsspur vorweisen konnte. Der geruchlose heiße Asphalt vermittelte den Eindruck, als habe man ihn gerade erst erneuert. „Diese Welt wirkt so unecht, wie ein Traum. Hoffentlich wach ich jetzt nich' in einem Gefangenenlager auf, festgeschnallt an einem Stuhl, kurz vor der Folter, um Informationen über euch preiszugeben."

„Oha, Kassy, die hätten dich gefoltert?", Dave glaubte ihr nicht so ganz, was sie sagte.

„Natürlich, ihr habt gemeint, ein Heilmittel zu besitzen, und wir sind in ein geheimes Militärgelände eingebrochen, um Informationen zu stehlen. Was meinst du, warum ich mit euch gekommen bin … Ich hätte wochenlang untertauchen müssen, voller Angst, verhaftet zu werden."

„Heftig, echt heftig. Aber mach dir keine Sorgen, du bist wach", zwinkerte Dave ihr zu.

Jedes Wohnhaus stand wie eine Eins, kein Makel zu sehen und offensichtlich existierte hier keine Armut.

„Ist euch eigentlich schon aufgefallen, dass hier jedes Haus gleich aussieht? Irgendwie gruselig", bemerkte Dave.

„Ernsthaft? Das ist dir jetzt erst aufgefallen?", antwortete John grinsend.

Dave musterte daraufhin jedes Haus ganz genau.

Die hellen, weißen Wände, die im Sonnenlicht geradezu leuchteten. Die Fenster waren leicht verspiegelt, sodass man nicht hineinsehen konnte. Jedes Haus besaß in der Frontansicht vier riesige Fenster und im ersten Stockwerk einen Balkon mit einer dunkelbraunen Holzfassade. Sie alle hatten einen kleinen Vorgarten, der ungefähr fünfzehn Quadratmeter groß war. Nur die Pflanzen unterschieden die Grundstücke voneinander. Es roch stark nach Blumen in diesem Wohnviertel. Und nur wenige Autos passierten diesen Ortsteil. „Meint ihr, dieses riesige Gebäude da vorn ist die Bücherei?", fragte Kassy.

„Kann ich mir kaum vorstellen, Kassy. Das Ding is' groß genug, dass man ein Flugzeug landen könnte", antwortete John, als er verwundert diesen mächtigen schwarzen Steinwürfel, der ungefähr hundert Meter entfernt war, bestaunte.

Nach einem relativ kurzen Spaziergang erreichten sie ihr Ziel.

„Das ist tatsächlich 'ne Bücherei." John konnte seinen Augen nicht trauen.

Eingeschüchtert von dem überwältigenden Bauwerk standen sie nun am Eingang und mussten das erst mal verdauen, was sie sahen. „Das ist 'ne Bibliothek?" Kassy war einfach nur fasziniert von dem gigantischen Bauwerk. John traute seinen Augen nicht. „Die ist bei weitem größer als die Library of Congress in Washington."

Ein kilometergroßer Marmorwürfel ragte einschüchternd aus dem Boden. An den glatten, schwarzen Wänden floss ein hauchdünner Wasserfilm hinunter, der mit einer dezenten violetten Beleuchtung hervorgehoben wurde. Wenn man ganz genau hinsah, erkannte man zwischen den schwarzen Steinplatten noch getönte Fenster, die mit dem Stein verschmolzen. „Leute, im Ernst. Ich hab mich noch nie für Bauwerke oder so 'n Scheiß interessiert, aber das Teil hier … Davor zieh ich meinen Hut."

Für einen Moment glaubte Dave zu halluzinieren und dachte an eine mögliche Nebenwirkung der Sprünge.

Vorsichtig betraten sie das Gebäude und John ging voraus. Er konnte es nicht abwarten, das Innenleben von diesem Monster zu sehen. Die Tür öffnete sich und sie betraten das Gebäude. Atemlos bewunderten sie das Innenleben.

Obwohl alles neu und modern aussah, roch es trotzdem nach altem Holz und Druckerschwärze. Es erinnerte an einen neuen Roman, den man zum ersten Mal öffnet. Die kalten Fliesen besaßen ein beige-braunes Muster, wie ein Schachbrett, und man konnte unmöglich einschätzen, über wie viele Werke diese Bücherei verfügte. Die endlosen Gänge beinhalteten Tausende Bände und an jedem Regal fand man eine Leiter. Ein Schild hatte ihnen verraten, dass sich in den oberen Stockwerken fremdsprachige Bücher befanden. „Ich denke mal, dass wir hier länger brauchen wie geplant", schätzte John, als er versuchte, sich in dieser überdimensionalen Bibliothek zu orientieren.

„Ich wette, hier gibt es kein Internet", fügte Dave hinzu.

„Im Ernst, die Leute lesen ihren Scheiß hier! Mit Internet wäre diese Welt viel verkorkster."

„Wir sollten uns aufteilen. Dave, du könntest dich auf die Suche nach einem Job machen, wir brauchen locker 'ne Stunde."

„Na toll, warum soll ich den stressigen Part übernehmen?"

„Du hast in dem Gebiet die meiste Erfahrung und ich im Recherchieren und Kassy wusste bis vor kurzem nicht einmal, was ein Job ist."

„Boa, ich hab keinen Bock auf einen Alleingang."

„Das ist mir schon klar, aber wir brauchen Kohle und dringend was zu essen!"

„Na gut! Dafür schuldest du mir was!"

„Meinetwegen … In einer Stunde hier am Eingang, okay?“

Genervt marschierte Dave in Richtung Ausgang.

„Wir sollten bei Geschichte anfangen, vielleicht finden wir dort etwas über diese Leute.“

„Leute? Wie kommst du darauf, dass es mehrere gibt?“

„Ganz einfach, wir sind seit eineinhalb Stunden in dieser Welt und haben einen gesehen. Ich halte es für unwahrscheinlich, dass dies der einzige Typ ist mit derartigen Fähigkeiten.“

„O. k., da is’ was dran … Und warum interessiert dich das?“

„Wir befinden uns in einem Paralleluniversum, verdau das mal! Es gibt Menschen, die sich dem Anschein nach unsichtbar machen können. Ich will wissen, wie! Mein Vater hat mich sicher nicht in diese Welt geschickt, damit ich mir die Stadt anschaue.“

„Is’ ja gut. Es ist nur, ich bin gezwungenermaßen mitgekommen und frage mich nun mal, was auf mich zukommt in den nächsten Tagen oder Wochen.“

„Wir werden Dinge erleben, die nie jemand anderes gesehen oder erlebt hat!“

„Vielleicht finden wir ja eine paradiesische Welt, in der wir bleiben können. Was hältst du davon?“

„Dave hat genau das Gleiche gesagt. Ich muss aber zuerst meinen Vater finden, um herauszufinden, was uns in meiner Welt angegriffen hat.“

„Was hat euch angegriffen?“

„Ich weiß nur noch, dass etwas Riesiges am Himmel flog und ich nicht sagen kann, ob es eine Maschine oder ein Wesen war.“

„Okay, jetzt bin ich neugierig!“

„Ich kann dir nicht viel darüber sagen, da ich um mein Leben fliehen musste, und die ganze Zeit frag ich mich, wer von meinen Freunden und Verwandten noch lebt und das Mädchen, in das ich schon immer verliebt war.“

„Mein Parallel-Ich?“

„Kann man so sagen.“

John konnte sich gerade noch zusammenreißen. Kreidebleich wurde ihm erst jetzt bewusst, dass alle tot sein könnten.

„In den letzten Tagen ist mir so viel passiert, dass ich nicht einmal darüber nachdenken und realisieren konnte, ob noch jemand lebt und ob ich sie jemals wiedersehen würde.“

„Du siehst ja mich“, lächelte Kassy.

„Mir wird schlecht.“

„Ich weiß nicht, was ich dazu sagen soll.“

„Nicht wegen dir, du erinnerst mich nur daran, dass vermutlich alles, was mir je von Bedeutung war, mir nie wieder zu Gesicht kommen könnte.“

„Es tut mir leid, auch ich habe viele Verluste erlitten und kann nichts ändern. Außerdem gibt es einen riesigen Unterschied zwischen uns.“

„Was denn?“

„Meine Familie ist tot und deine lebt vermutlich noch. Denk positiv, bis du einen Grund hast, was anderes zu glauben. Ich geh jetzt da rüber und frag die Tussi, wo wir Geschichtsbücher finden. O. k.?“

„Mach das, ich muss mich mal kurz setzen.“

Kassy ging rüber und stellte sich an einen Tresen, um zu klingeln. Als sie wartete, musste sie noch einmal diese Bücherei bewundern. Der breite Tresen war aus fast schwarzem Holz, das makellos lackiert war und gut beleuchtet von platinfarbenen Kronleuchtern, an der Seite befand sich eine Statue von einer Person, die ihr unbekannt war. Überall verteilt sah man Menschen, die bequem auf einer Couch kauerten und Romane verschlangen.

John saß wie versteinert auf einem Stuhl und dachte nach: „Was ist, wenn sie alle tot sind? Nein, Lily. Wieso? Ich werde sie wahrscheinlich nie wiedersehen.“

Kassy wartete immer noch ungeduldig am Tresen.

„Was kann ich für Sie tun?“, fragte die brünette Empfangsdame. Ihre Brille war sehr schlank und passte ideal zu ihrem hellen Gesicht, die hellblauen Augen erzeugten einen starken Kontrast zu ihrer dunklen Haarfarbe und die Nase war eher spitz, verlieh ihr dann aber doch etwas Freches.

„Ich suche Geschichtsbücher.“

„Sind Sie das erste Mal hier?“

„Ja, wieso?“

„Also jeder Bereich und jedes Genre eines Romans hat eine Farbe mit einer Nummer am Regal. Geschichtsbücher finden Sie im Regal mit einer grauen 27 am oberen Eck. Einfach den Gang runter und auf die linken Regale achten.“

„Vielen Dank.“

Besser gelaunt ging sie zu John, um ihn wieder auf andere Gedanken zu bringen.

„Hey, ich weiß, wo die Geschichtsbücher sind, komm, wir gucken mal, ob wir was über diese Mutanten finden!“, gab Kassy euphorisch von sich.

„Na gut, wir haben ja nich’ ewig Zeit und Dave braucht bestimmt länger, ich hoffe mal, er kommt mit guten Nachrichten zurück. Langsam werde ich depressiv.“

„Versuch dich abzulenken und denk an das Hier und Jetzt.“

„O. k., finden wir raus, was in dieser Welt abgeht.“

Kassy nahm Johns Hand und ging im direkten Marsch den Flur entlang. Grün 1, grün 1, grün 1, grün 1.

„Wow, das ist ja ’ne richtige Wanderung. Wir suchen die graue 27.“

„Ihre Hand. Als ob Lily hier ist“, dachte John für eine Sekunde.

„Was ist los, die ganze Zeit plapperst du und jetzt verschlägt’s dir die Sprache. Hör endlich auf, dir Gedanken zu machen!“

„Bin ja schon dabei.“

„Hier bräuchte man echt so kleine Elektroroller. Nicht normal, wie lang der Weg ist.“

„Was sind denn Elektroroller?“, fragte Kassy verwundert.

„Ich vergesse dauernd, dass wir aus verschiedenen Welten kommen. Das sind kleine Gefährte, auf die man sich stellen kann und rumfährt. Meistens benutzt man die in großen Firmen.“

„Klingt ja lässig.“

„Was meinst du, John, wird dein Freund uns was zu essen bringen? Ich bin am Verhungern.“

„Ich auch, wenn einer es schafft, auf die Schnelle einen schlechten Job zu finden, dann er. Wir haben keine andere Wahl, als zu hoffen.“

„Da vorne ist das Regal“, rief Kassy.

„O. k., dann recherchieren wir mal.“

Die Sauftour

„Dave! Herkommen!“ Der fette Italiener wischte sich mit seiner breiten Hand seinen Schweiß von der Stirn.

„Kannst du mir mal verraten, was du die letzten drei Stunden gemacht hast?“

„Hä? Was? Warum? Ich hab 'nen halben Kofferraum voll mit Pizzen und Nudeln ausgeliefert“, wieder rieb er sich zwei Schweißperlen aus dem Gesicht.

„Vier Kunden haben sich beschwert, dass ihr Essen nicht mehr heiß war, und einer war fester Überzeugung, jemand hätte sich ein Stück Salami runtergepickt.“

„Hä? Waaas? Ich esse keine Salami! Vielleicht hat ja ausnahmsweise die Küche einen Fehler gemacht!“

Der extrem übergewichtige Italiener musste sich setzen. „Ich weiß einfach nicht, was ich mit dir anfangen soll …“, seine krächzende Stimme war unerträglich. „Du fährst viel weniger aus als alle anderen.“ Wieder wischte er sich den Schweiß aus seinem Gesicht.

„Und ständig kommst du zu spät. Sag mir bitte eins, Junge, hast du einen Plan?“

Dave war nicht klar, worauf er hinauswollte.

„Was meinen Sie?“, fragte er vorsichtig.

„Ich muss dich …“, Daves Handy klingelte.

„Mach es bitte aus.“

„Ja, Sekunde“, Dave tippte einige Sekunden lang auf seinem Handy rum.

„Was wollten Sie sagen?“

„Junge, ich mach sowas wirklich nicht gerne …“, wieder unterbrach sie dieser nervige Klingelton. „Tut mir leid, ich stelle es einfach auf Vibration.“

„Jedenfalls musst du wissen, dass …“, das laute Vibrieren unterbrach sie erneut. „Großer Gott! Das Vibrieren ist ja lauter als der Klingelton. Jetzt mach ich es aus.“

„Du bist Ende des Monats entlassen! Es tut mir leid.“

Ein wenig neben der Spur nahm er sein Handy und ging ran. „Ist grade schlecht.“

„Alter, wir starten eine Sauftour! Bist du dabei?“

Nach kurzem Zögern und der aufkommenden Angst über seine Miete und Rechnungen konnte er nur eins antworten: „Bin dabei.“ „Cool, wir holen dich gleich ab, mach pünktlich Schluss.“ Er legte auf. Der Italiener wartete, bis er fertig war. „Wie gesagt, du kannst bis Ende des Monats bleiben.“

„Na gut, dann mach ich jetzt Feierabend.“

Leicht depressiv setzte er sich vor den Eingang an den Straßenrand und dachte nach. „Wie soll ich nur in der kurzen Zeit einen neuen Job finden? Mit der Scheißmiete bin ich auch im Rückstand.“

Ein uralter, völlig verdreckter Mazda 323 raste mit quietschenden Reifen um die Kurve und stoppte abrupt. „Yeah! Na los! Steig schon ein, Alter!“

„Yo Freddy, was geht ab?“, sagte Dave beim Einsteigen.

„So wie es aussieht, mehr als bei dir. Was ’n los?“
Mit Vollgas fuhr er los.

„Wurde grad gefeuert …“

„So ’n Scheiß! Egal, scheiß drauf, das Leben geht weiter. War doch eh ’n Scheißjob!“ Er hat recht, dachte sich Dave. „Yo, Toni, alles klar bei dir?“

„Auf jeden!“, antwortete es vom Beifahrersitz aus.

„Und du bist?“, fragte er den Chinesen zu seiner Linken. „Sowas aber auch, wo sind nur meine Manieren? Dave, Jeyjey. Jeyjey, Dave. So, dann hätten wir das ja geklärt und jetzt gib dem Mann die Whiskeyflasche, er wurde gerade entlassen.“

Mit Freude nahm Dave die Flasche, setzte an und trank einen großen Schluck. „Alter! Kannst du trinken!“, gab der Chinese von sich. „Tja, ist ’n Talent von uns Weißen.“ „Ich muss wenigstens nicht meinen halben Lohn ausgeben, um voll zu werden“, konterte er. „Da hat er recht“, fügte Toni hinzu.

„So, Leute, wir sind da!“ Freddy kramte eine kleine Pfefferminzdose raus. „Was’n das für’n Laden?“, wollte Dave wissen.

„Ist so ’ne Art Punk-Gothic-Schuppen. Heute ist Darkbitch Night.“ Darauf setzte Dave nochmal die Flasche an. „Oh, wie der brennt. Klingt wie der Titel eines Pornos, Mann“, sagte Dave, der schon gut dabei war. „Auf was warten? Auf in den Pornoschuppen!“, gab der Chinese von sich.

„Zunächst einmal“, fing Dave an, gefolgt von einem langgezogenen Rülpser. „Toni sieht aus wie ’n Penner. Nichts für ungut, aber rasier dich endlich mal. Und der Chinese hier …“ „Jeyjey, mein Name … Benutz ihn doch mal!“ „Wie auch immer. Er sieht aus wie ein

Streber und ich komm direkt von der Arbeit. Meine Frage ist also, abgesehen davon, dass wir hier kein bisschen reinpassen, was wollen wir da drin?"
Freddy zauberte seine Pfefferminzdose hervor. „Nimm erst mal zwei davon und dir ist das alles scheißegal!" Mit stark alkoholisiertem Blick begutachtete er die Dose. „Irgendwas sagt mir, dass es nicht für meinen Atem ist." „Dope!", Freddys breites Grinsen verriet alles. „Also gut, überredet. Gib mir zwei!" Freddy verteilte grinsend diese mysteriösen Pillen, die jeder mit einem großen Schluck Whiskey runterspülte. „Also, wollen wir los oder ewig hier hocken?", fragte Toni. „Erst wenn die Flasche leer ist", sagte Freddy. „Alter …", antwortete Toni. „Gib schon her, du Weichei!" Freddy trank die Hälfte von dem, was noch übrig war.
„Übertreib's nicht immer so!", sagte Toni. „Übertreibung ist das Mittel zum Erfolg! Jetzt macht sie leer!" Toni sah auf den fünf Finger breiten Rest. „Ach, scheiß drauf!", antwortete er und vernichtete den Rest. „Jetzt aber los, bevor die Pillen ihre Wirkung zeigen!" Gut gelaunt torkelten sie über die Straße, um sich anzustellen. Die längsten fünf Minuten des Abends verstrichen und sie trafen auf den ersten Türsteher. Ein grimmiger, großer, schwarzer Kerl versperrte ihnen den Weg. „Irgendwie passt ihr hier nicht rein!", sagte er und verschränkte die Arme. Freddy drängte sich durch, zu dem schwarzen Riesen. „Also, die Sache ist die, wir haben eine Einladung. Hier!", Freddy drückte ihm 50 Dollar in die Hand. „Na gut, ist eh nur ein scheiß Punk-

Schuppen“, grummelte der Riese und machte ihnen den Weg frei.

Endlich drinnen, zwängten sie sich durch die Massen in Richtung Bar. Es roch nach einem Gemisch aus Zigaretten, Joints und einer Nebelmaschine. „Okay, Freddy, ich nehm alles zurück! Die Mädels hier sind der Hammer! Ich hab noch nie so viele lila-karierte Miniröcke auf einem Fleck gesehen! So geil!!“

„Siehst du, und jetzt halt die Klappe und komm mit.“ Freddy hatte einen Tisch mit fünf Mädels im Visier. „Hi, mein Name ist Freddy.“ „Aha“, gab sie gelangweilt von sich. „Ist hier noch Platz?“ „Ich glaube nicht für euch“, antwortete sie knallhart. „Ach so, verstehe. Wegen unseren Outfits, hätten wir uns umgezogen, hätte ich jetzt nicht die Gelegenheit, dich auf einen Drink einzuladen. Also, was willst du trinken?“ Sie trank ihr Glas aus. „Na gut, ich bin neugierig. Ich nehme noch einen Cranberry-Wodka.“ Freddy setzte sich zu ihr. „Na los! Setzt euch, die Mädels haben Durst!“ Von nun an widmete sich Freddy einzig und allein diesem Mädchen. Er flüsterte ihr ein paar Wörter ins Ohr und sie fing an zu lachen. „Was kann ich euch bringen?“, rief eine sehr düster geschminkte Kellnerin. „Ich nehme, ähm …“, fing Dave an. „Wir nehmen alle einen doppelten Whiskey auf Eis und für die Mädchen einen Cranberry-Wodka. Und nicht mit dem Wodka sparen.“ Freddy ergriff die Initiative: „Alles klar, kommt sofort.“

„Wie heißt du?“, fragte Dave das Mädchen zu seiner Linken. „Claire, und du?“ „Dave.“

Freddy war da anders. Er wusste, wie man flirtet, und konnte jede Situation zu seinem Vorteil formen. Gerade als seine Hand unter dem Tisch verschwand, stand ein großer ruppiger Kerl hinter ihm. „Hey, was machst du Witzfigur bei meinem Mädchen?", brüllte er. Freddy war völlig unbeeindruckt. „Vielleicht fingern, mal schauen, und jetzt verschwinde, die Kleine will jetzt einen richtigen Mann haben!" Der Rocker packte Freddy am Kragen und zog ihn zu sich. „Ähm, Claire, ich find dich ziemlich heiß und würde es cool finden, wenn du mir deine Nummer gibst. Ich muss nur mal eben meinem Kumpel helfen, dem Fettsack die Fresse zu polieren", lallte Dave schwerfällig. „Dieser „Fettsack", wie du ihn nennst, ist mein Bruder!", schrie sie zurück. „Ups, uuund, bekomm ich trotzdem deine Nummer?"

„NEIN!!!"

„Drauf geschissen!", sagte er, drehte sich um und schlug einem der drei Rocker, so fest er nur konnte, ins Gesicht. Freddy reagierte auch und gab dem Kerl, der ihn am Kragen hatte, eine Kopfnuss. Toni sprang auf und nahm eine Bierflasche und zerschlug sie auf dem Kopf des Dritten. Freddy bekam einen Haken, Dave trat seinem Gegner in den Bauch, gefolgt von einem Tritt ins Gesicht. Toni war im Schwitzkasten gefangen und Dave half ihm, indem er dem Kerl auf die Nase boxte. „Securitys!", schrie Freddy und rannte voraus, Richtung Ausgang. Toni, Dave und der Chinese folgten ihm, quetschten sich durch die Mengen, schupsten einen nach dem anderen auf die Seite. Draußen

angekommen rannten sie noch die ganze Straße runter.
„Boa, Leute, dass es so eskaliert, hätt ich echt nich'
gedacht. Dave, da haste dem Penner glatt die Nase
gebrochen!"
„Haha, ja, und Toni hat dem einen Kerl doch
tatsächlich eine Bierflasche übergezogen", lachte Dave
außer sich.
„Was ist mit dir, Jeyjey? Warum hast du nix
gemacht?", wollte Toni wissen.
„Es ging alles viel zu schnell!"
„Ich dachte, ihr könnt alle Kung-Fu, das wäre ziemlich
nützlich gewesen."
„Scheißrassist! Nur weil ich Chinese bin oder was?"
„Ja und dein Name klingt, als wärst du 'n Schwarzer.
Irgendwas musst du doch draufhaben!"
„Ich hab mich noch nie geprügelt und das ist auch nur
'n Spitzname, weil du Vollpfosten meinen richtigen
Namen vermutlich nicht einmal aussprechen könntest!"
„Leute …", fing Dave an. „Ich glaub, die Pillen wirken
langsam, mir ist es grad sowas von egal, dass ich heut
gefeuert wurde." Dave bekam auf einmal so einen
heftigen Lachanfall, dass er stehen bleiben musste.
Freddy griff in seine Tasche und holte einen
Flachmann raus. „'n Schluck Rum?" Einen Moment
lang sahen sie ihn ungläubig an und bekamen einen
Lachanfall. „Was hast du denn noch alles dabei?" Dave
krümmte sich vor Lachen. Freddy gönnte sich noch
einen und reichte den Flachmann weiter. „Die Pillen
sind der Hammer!", sagte Toni langsam, während er

den Mond anstarrte, und dabei genehmigte er sich noch einen Schluck.

„Ey, komm, wir gucken mal, was in der Bar da vorn abgeht!", schlug der Chinese vor. „Mann, sonst fand ich deinen Akzent nie witzig, aber jetzt, komm, wir gehen in die Bar." Freddy konnte kaum atmen vor Lachen. „Aber wir müssen uns ein wenig zusammenreißen, sonst fliegen wir gleich wieder raus", sagte Dave und hielt kurz sein Lachen zurück, bis er es nicht mehr aushalten konnte, und alle lachen mit. Nach ungefähr drei Minuten beruhigten sie sich langsam und trauten sich rein. Da standen sie nun und wurden gleichzeitig von drei Tischen mit Rockern besetzt angestarrt. Ganz sachte und langsam liefen sie rückwärts wieder raus, sahen sich an und das Gelächter ging weiter. „Das ist 'ne Rockerbar!", lachte Freddy. „Was die wohl eben gedacht haben, als wir rückwärts wieder rausmarschiert sind?" Jeyjey heulte schon vor Lachen. Dave lachte die ganze Zeit mit und bekam kaum Luft, bis er sich übergab. „Wow", schrie Freddy und alle sahen ihn still an, während sein Erbrochenes die Treppe runterfloss. Alles war still. „'n Schluck?", sagte er und bot ihm seinen Flachmann an. Darauf krümmten sich wieder alle vor Lachen. „Wir sollten weitergehen, er hat direkt auf die Treppen einer Rockerbar gekotzt, nicht dass jetzt einer ausrutscht und ihm die Schuld gibt." Toni konnte nur noch lachend Sätze von sich geben. „Meine Bude ist eh nich' mehr weit von hier, da hab ich Kaugummis", sagte Dave.

Sie marschierten weiter die Straße runter mit einem neuen Ziel. „Kaugummis? Jeder andere hätte Mundwasser oder Zahnbürste gesagt, aber ihm reicht ’n Kaugummi.“ Freddy krümmte sich vor Lachen. „Da vorne ist auch schon meine Garage, shit, hab vergessen meine Karre reinzustellen“, lallte Dave. „Ich wette, du hast nicht die Eier, dein Auto jetzt reinzustellen!“, sagte Toni. Dave sah sich sein Auto an und überlegte kurz. „Spinnst du, ich bin total breit!“ „Ich würde es schaffen“, gab Jeyjey an. Darauf fing Toni wieder an zu lachen. „Selbst der Asiate würde es schaffen!“
„Rassist!“, warf Jeyjey ein.
Freddy sah ihnen nur zu und konnte kaum noch stehen vor Lachen. Dave sah sich seine Lage mal an, kein Verkehr weit und breit. Er überlegte. Er müsste ja nur fünf Meter zurück, das Lenkrad einschlagen und sachte reinfahren. Schon Tausende Male gemacht.
„Ich mach’s!“
Alle sahen für einen kurzen Moment Dave an und bekamen einen heftigen Lachkrampf. Entschlossen marschierte er über die Straße, kramte seinen Schlüssel raus, was fast eine Minute dauerte, und stieg ein. Schwerfällig versuchte er, sich zu konzentrieren, und schnallte sich an, noch ein letzter Blick in den Rückspiegel, Licht an und er startete den Motor. Langsam und behutsam, nahezu in Zeitlupe, fuhr er rückwärts, lenkte ein und sah gegenüber, wie die drei mit dem Armen rumfuchtelten und irgendwas riefen. Denen zeig ich’s, dachte er sich, und gab ein wenig Gas, um zügig in die Garage zu fahren. Ein

donnerndes, unvorstellbar lautes Krachen schallte durch die Straßen. Lichter sprangen an und Hunde bellten in der ganzen Nachbarschaft. Alle drei rannten über die Straße, um nach ihm zu sehen. „Jo Mann, alles klar bei dir?", wollte Freddy wissen.
„Hab vergessen, dass Scheißgaragentor aufzumachen."
„Ja, wir wollten dich noch warnen." Dave stieg mühsam aus dem Auto. „Lasst uns schnell reingehen, bevor die Bullen kommen und 'nen Drogentest machen wollen." Daraufhin rannten sie um die Ecke. „Aber abgesehen von dem Garagentor auf meinem Autodach hab ich doch sauber eingeparkt." Ein Blick in die Garage und alle krümmten sich vor Lachen. „Was eine Nacht, bestellen wir 'ne Pizza", schlug Freddy vor.

Die Jobsuche

„Hör zu, Junge, du kannst nicht erwarten, dass dich irgendjemand einstellt! Du kommst in mein Geschäft ohne Abschlüsse, Führungszeugnis und Gen-Pass! Damit machst du jeden Ladenbesitzer strafbar", sagte der Besitzer eines kleinen Schreibwarengeschäfts.

„Das ist mir durchaus bewusst und ich möchte auch nur für heute aushelfen, da ich ja auf der Durchreise bin und Hunger habe. Ich putz Ihnen den Laden, bis er glänzt!"

Daves Verzweiflung wurde immer stärker und seine vergeblichen Überredungskünste konnten den Ladenbesitzer nicht beeindrucken.

„Meine Antwort bleibt NEIN! Es tut mir leid."

„Schon o. k., ich versuch es woanders, trotzdem danke."

„Hey Junge, warte", rief der graubärtige Mann, als Dave den Türgriff bereits in der Hand hatte.

„Ja?", fragte Dave voller Hoffnung.

„Komm her, ich hab 'ne Idee, wo du vielleicht mehr Erfolg haben wirst."

„Sie müssen aber noch eins wissen, ich besitze kein Fahrzeug."

„Brauchst du auch nicht. Nicht weit von hier sind noch einige Geschäfte, unter anderem ein Restaurant, in der Bakerstreet. Wenn im Laufe des Abends die Hölle los sein wird, brauchen die jeden und die vermieten auch Zimmer. Ich hoffe, du kannst gut Teller waschen."

„Na klar! Ich weiß gar nicht, wie ich Ihnen danken kann.“

„Schon gut, Junge, jeder war mal verzweifelt auf Jobsuche.“

„Haben Sie vielleicht noch einen Stadtplan, den Sie mir borgen können?“

„Ich schenk dir einen, hab davon ’n Stapel.“

„Danke nochmal.“

Dave verließ das Geschäft, um sich neu zu orientieren. Gestresst versuchte er, den Stadtplan zu verstehen, welcher von bunten Linien und Buchstabenkürzeln übersät war. Er sah nach links und nach rechts und konnte nicht einmal jemand sehen, den er um Hilfe bitten könnte. „Was für eine Geisterstadt“, redete er mit sich selbst. Es gibt hier so viele Häuser, eins schöner als das andere, und kaum Menschen auf der Straße. „Vielleicht verlassen die ja kaum ihre Hütten“, dachte er sich. Dave setzte sich auf eine Bank und überlegte darüber, wie er den nächsten Arbeitgeber beeindrucken könnte.

„Und was zur Hölle ist eigentlich ein Gen-Pass?“, fragte er sich aufgeregt. In einer fremden Welt, ganz ohne Wissen darüber, steht man letztendlich da wie ein Vollidiot.

„Vielleicht kann ich ja einen Deal mit dem Restaurantbesitzer machen, drei Arbeiter gegen Essen und Unterkunft. Das könnte legal sein, da er uns nicht bezahlen muss, und als Nächstes frag ich irgendeinen Passanten, ob er mir ein paar Tipps geben kann.“

Dave brabbelte all seine Gedanken vor sich her. Er durfte auf keinen Fall versagen. „Bestimmt dachte John, dass ich ihm bei seinen Recherchen nur im Weg stehe, und hat mich deshalb zu dem Scheiß hier überredet. Und Kassy ist natürlich herzlich willkommen, weil er vermutlich auf sie steht … Auch wenn es ihm noch nicht bewusst ist."
Als Daves Laune langsam wieder in dem grünen Bereich war, konnte er sich voll und ganz auf den Stadtplan konzentrieren und verstand ihn so langsam.
„Wenn ich an dem Viertel vorbei bin, sind es vermutlich nur noch fünfzehn Minuten Fußmarsch und dann besorg ich mir den Job!", selbstsicher schritt er die Straße entlang.
„Wie gern würd ich mir vorher noch ’n Joint reinziehn!", träumte er vor sich hin.
„NEIN! Ich muss bei der Sache bleiben und einen Job inklusive Schlafplatz klarmachen! Wart’s ab, John!"
Selbstbewusst stolzierte er die Straße entlang.
„Am besten quetsch ich die nächstbeste Person nach Infos über das Verhalten einem Arbeitgeber gegenüber aus. Hier gibt’s hundertprozentig andere Sitten als bei uns!"
Dave schmiedete seine Pläne bis ins kleinste Detail, als er die Straße hinuntermarschierte. Er war so in Gedanken versunken, dass ihm nicht einmal das dreieckige rote Flugobjekt auffiel, was in seiner Welt vermutlich für endlose Berichte und Nachrichten sorgen würde.

Er bewunderte nicht einmal mehr die lautlosen, aerodynamisch geformten Autos, welche permanent an ihm vorbeisummten. Fest entschlossen, wanderte er an den Häusern vorbei, welche den Eindruck verliehen, dass es hier niemandem schlecht gehen musste. Zu seiner Rechten stand ein dunkelbraunes Zweifamilienhaus, was dem Anschein nach drei Stockwerke hoch war. Der Vorgarten war eher klein und wirkte unwichtig mit seinem kurzgemähten Rasen und den grauen Steinplatten, die den Weg zur Haustür bildeten. Plötzlich verstummte seine Umgebung, alles wurde nebensächlich und uninteressant. „Wow! Diese Welt gefällt mir!", flüsterte er vor sich hin, als er in fünfzig Meter Entfernung ein junges blondes Mädchen auf ihn zukommen sah. „Die sprech ich an!", entschloss er sich spontan und atmete noch einmal tief durch. Sein Herz hämmerte ihm bis zum Hals, denn er hatte noch nie so ein hübsches Mädchen gesehen. Der Wind schmeichelte sanft ihrem hellblonden Haar, vorsichtig fuhr sie sich mit der linken Hand eine Strähne hinters Ohr und warf ihren Blick dabei auf den Boden. Ihr dunkler Lidschatten betonte nahezu perfekt ihre kristallblauen Augen. Ihre gerade Nase erinnerte an Laufstegmodels, die vermutlich eine teure Operation durchführen lassen mussten. Die Kleidung verriet, dass sie vermutlich nichts Besonderes vorhatte. Sie trug eine hellbraune Jogginghose, in der sich vermutlich perfekt durchtrainierte, schlanke Beine befanden, darüber trug sie ein weißes Top, das mit einem schwarzen Tintenklecksmuster versehen war. „Jap, die sprech ich an!“, bestätigte er sich noch einmal. Voller Entschlossenheit kam er ihr entgegen. Nur noch wenige Meter zu seinem Ziel.

„Hey, ich bin auf der Durchreise und bräuchte ganz kurz Hilfe.“

Das hübsche Mädchen blieb stehen und sah Dave mit neugierigen Blicken an. „Um was geht es denn?“

Ihre süße freundliche Stimme machte Dave ein wenig nervös. „Was für eine Frau!“, dachte er sich, als er sich bemühte, nicht auf ihre prallen Brüste zu starren, die ihr enges Top geradezu sprengten.

„Ich habe seit meiner Ankunft hier mit niemandem gesprochen und bin fast am Verhungern und todmüde noch dazu“, quälte er aus sich heraus. „Und jetzt dachte ich mir, mich mal schlauzumachen und die nächstbeste Person auszufragen, wie man sich hier einem Arbeitgeber gegenüber verhält.“

„Ach so, du lebst ja riskant“, sagte sie voller Bemühungen, nicht zu lachen.

„Also das Wichtigste sind, wie du dir sicher denken kannst, deine Abschlüsse und vergiss auf keinen Fall deinen Gen-Pass. Was hast du denn für eine Fähigkeit?“, fragte sie neugierig. „Ähm … Fähigkeit?“, antwortete Dave verdutzt.

„Ja, dein genetisches Charakteristikum natürlich! Das wirst du ja wohl haben, oder?“

„Äh, nein. Da, wo ich herkomme, gibt es sowas nicht.“

„Also kommst du aus den 90ern?“, lachte das Mädchen.

„Meines Wissens existiert kein Ort mehr, an dem man sich kein Gen-Upgrade kaufen kann.“

„Ich komme von einer kleinen Insel“, antwortete Dave wie aus der Pistole geschossen.

„Also ich kann dir alle Inseln auf dem Planeten aufzählen, bewohnt oder unbewohnt, und auf keiner der bewohnten Inseln kann man sich nicht upgraden lassen.“

„Es ist eine sehr kleine Insel“, antwortete Dave schnell.

„Die muss ja schlau sein … oder redet viel…“, dachte er sich noch. „Die muss ja ziemlich klein sein“, fügte sie hinzu. „Hast du denn ’ne Fähigkeit?“

„Klar, ich hab so eine Art fotografisches Gedächtnis.“

„Das is’ ja mal cool!“

„Naja, die meisten haben solche Fähigkeiten. Nur wenige haben starke Fähigkeiten wie Gyrokinese oder heilende Kräfte.“

„Also ich wünschte, ich hätte so eine Fähigkeit wie du! Sag mal, wie heißt du eigentlich?“

„Jackelin und du?“

„Dave.“

„O. k., nochmal zurück zum Thema, du willst also eine kurzfristige Arbeit, ohne irgendwelche Papiere, was zudem noch illegal ist. Wie hast du dir das vorgestellt, als du von deiner kleinen Insel hier in die Stadt gewandert bist?“

„Ich muss noch einen Tag reisen und dann bin ich bei meiner Tante und bis dahin bräuchte ich noch ein wenig Schlaf und einen Happen zu essen. Im Moment bin ich auf dem Weg zu einem Restaurant, um Arbeit gegen Essen und einen Schlafplatz anzubieten."

„Hmm, das könnte sogar funktionieren, da heute sowieso ein Feiertag ist, schätze ich mal, dass die Bude voll sein wird."

„Ach deshalb sind hier so wenig Leute auf den Straßen."

„Gut kombiniert", sagte sie mit einem süßen Lächeln.

„Welches Restaurant meinst du eigentlich?", fragte sie.

„Das hier."

Dave zeigte ihr eine mit Textmarker markierte Stelle auf dem Stadtplan.

„Ach Giovanni's Zwölf. Da hol ich mir fast täglich mein Essen. Ich liebe Italienisch."

„Was meinst du? Finde ich dort Arbeit?"

„Klar, der Chef ist sehr freundlich und fair, allerdings auch sehr temperamentvoll. Sag, dass du ein Freund von Jackelin bist. Die meisten nennen mich aber Jacky."

„Das nenn ich ja mal Glück, dich getroffen zu haben."

„Ach was, so gut wie jeder hier im Ort ist mit Giovanni befreundet."

„Trotzdem bin ich dir dankbar."

„Nichts zu danken."

„Eins noch. Wo kann ich mir so ein Gen-Upgrade kaufen?"

„Gib mir mal deine Karte."

Das Mädchen griff in ihr kleines grünes Handtäschchen und holte einen Stift heraus, um einen kleinen Kreis auf dem Stadtplan zu machen. „So, wenn du genug Geld

gespart hast und den Kompatibilitätstest bestehst, wird
dir nichts im Weg stehen."

„Cool", antwortete Dave, nahezu sprachlos.

„Hahaha, du bist ein lustiger Kerl, ich muss jetzt aber
langsam weiter, ich treff mich gleich mit einer
Freundin. Vielleicht sehen wir uns heut Abend bei
Giovanni."

„Das wär schön", antwortete Dave mit einem
verträumten Hundeblick.

„O. k., bye."

Sie lächelte freundlich und ging.

„Jetzt muss ich den Job erst recht bekommen! Das wird
ja wohl nicht so schwer sein, einen unbezahlten Job als
Tellerwäscher zu bekommen!", redete er sich zu und
setzte seinen Marsch fort.

„Was meinte die wohl mit Gyrokinese? Vielleicht die
Fähigkeit, Gyros zu kochen, hehe. Was wäre wohl
meine charakteristische Fähigkeit? Ob ich überhaupt
eine bekomme? Immerhin komme ich aus einer
anderen Welt und wenn sowas bei uns machbar wäre,
gäbe es sowas bestimmt schon, aber wahrscheinlich
würden sich dann alle gegenseitig abmurksen.

Hoffentlich bekomme ich heute noch Essen und einen
Schlafplatz. Ob ich Jacky heute noch flachlegen kann?
Immerhin hab ich nichts zu verlieren."

All diese Fragen stellte sich Dave auf dem Weg zum
Restaurant. „Moment mal!", rief er, als er das
Straßenschild mit der Aufschrift „Bakerstreet" sah.

„Endlich! War gar nicht so weit, wie ich dachte, aber
jetzt wird's Ernst!"

Dave ging mit einer selbstbewussten Einstellung auf das Restaurant zu, wie er es noch nie erlebte.

Er atmete tief durch, sammelte sich und betrat das Restaurant.

„Guten Tag, mein Name ist Dave Capwell und ich möchte mich hier vorstellen für eine kurzfristige Arbeit. Wäre es möglich, mit dem Chef darüber zu reden?"

Sein Herz pochte wie wild, er durfte nicht versagen und es fiel ihm sichtlich schwer, dabei nicht zu stottern.

„Einen kleinen Moment bitte. Ich schau mal, wo er ist", antwortete die Empfangsdame.

Als Dave auf den Chef wartete, sah er sich alles genau an. Er wusste ja, wie die Arbeit in einem Restaurant aussah. Die Decke hatte ein helles Weiß mit vielen runden Leuchten versehen, die Wände rot gestrichen mit vielen Gemälden, die sehr wertvoll aussahen und vermutlich deshalb so gut beleuchtet waren. Das alles interessierte ihn aber recht wenig, er prägte sich lieber die Tischnummern ein, für den Fall, dass er kellnern muss. Ihm war aber auch bewusst, dass man am ersten Tag nie auf die Gäste losgelassen wird.

„Hallo, Sie möchten hier arbeiten?"

„Ja, Sir. Ich bin auf der Durchreise und möchte Ihnen ein Angebot machen."

„Ich höre", sagte er mit seinem italienischen Akzent.

„Also ich bin hier auf der Durchreise und biete meine Arbeitskraft an, gegen Essen und einen Schlafplatz und ich könnte noch zwei Freunde mitbringen, die kein Problem damit haben, Teller zu waschen."

„Das hört sich doch gut an. Ich habe viele freie Zimmer heute Nacht und könnte ein wenig Hilfe gebrauchen“, antwortete er.

„Jacky sagte mir bereits, dass man gut mit Ihnen reden kann.“

„Ah, du bist ein Freund von Jacky? Sag das doch gleich, komm, ich geb dir Arbeit.“

„Wow, danke. Ich werde Sie nicht enttäuschen.“

„So schnell nicht, erst sollst du eine Stunde probearbeiten, ich gebe dir auch Geld.“

„Einverstanden!“, sagte Dave, als er dem Italiener die Hand schüttelte.

Die Recherche

„Oha Kassy! Sieh dir das mal an."
Bücher, Magazine und Zeitungen begruben den Tisch, an dem sie saßen. Kein anderer würde auch nur annähernd einen Überblick behalten, doch Johns Journalistenauge entging nichts und jeder, der an ihnen vorbeilief, würdigte sie nur eines kritischen Blicks. Der Geruch von Druckerschwärze erinnerte weniger an eine Bücherei als an eine Buchbinderei. Unzählige Artikel über Menschen mit seltenen Fähigkeiten stapelten sich. Der erste Mensch mit nachwachsbaren Gliedmaßen! Hat dieser Junge einen Röntgenblick? Das radioaktive Mädchen! U. v. m. Auf der anderen Seite vom Tisch stapelten sich Werke über die bahnbrechende Entschlüsselung der menschlichen DNA.
„1998 erfand Dr. Lennard Schneider das erste Serum, was wir heute als ‚Gen-Upgrade' bezeichnen."
„Ist das nicht der CEO von Tentix Industries?", fragte John. „Keine Ahnung! Lies weiter", antwortete Kassy ungeduldig.
„Ach, ich vergesse immer wieder, dass du aus einer anderen Welt kommst als ich."
Damals dachte man, dass nicht alle Menschen dafür geeignet waren, und deshalb entwickelte Dr. Schneider einen Test, um die Probanden zu testen. Nach langwierigen Untersuchungen fand man schließlich einen geeigneten Probanden. Leider handelte es sich hierbei nicht um einen Test, wer geeignet ist, sondern

um einen Test, wer im wahrsten Sinne zu gut geeignet ist. In dem Glauben, den ersten geeigneten Probanden gefunden zu haben, startete Dr. Schneider nun seinen ersten Durchlauf an einem Menschen. Der Proband entwickelte schon nach kurzer Zeit exponentielles Wachstum seiner Denkleistung und entwickelte nach und nach mehr Fähigkeiten. Schon nach einem Monat war er in der Lage, kleine Gegenstände wie Zahnstocher, Bleistifte und Tassen kraft seiner Gedanken in Bewegung zu setzen. Als sich herausstellte, dass es sich hierbei um Telekinese handelte, wurde Dr. Schneider als angesehenster Genetiker unserer Zeit nominiert.

Es dauerte auch nicht lange und aus dem krabbelnden Kind wurde ein Marathonläufer. Problemlos konnte der Proband Autos kilometerweit durch die Luft schleudern.

Er entwickelte eine Art Verständnis über das menschliche Potenzial und sammelte immer mehr Fähigkeiten und verlor dabei langsam den Bezug zur Menschlichkeit. Er dachte schließlich göttergleich zu sein und fing an, willkürlich Menschen zu töten. Unaufhaltsam schlachtete er Tausende Menschen ab. Der erste Krieg der Menschheit gegen eine unaufhaltsame und nahezu unzerstörbare Bestie begann. Dieser Krieg forderte mehr als 200 000 Opfer. Er wurde seit 2002 nie wieder gesehen. Diese Kompatibilitätsmethode wird heute dafür verwendet, um solche Fälle zu vermeiden.

„Ungewöhnlich geschrieben, aber die Story ist ja mal cool", John strahlte, als hätte er die Jahrhundertstory gefunden.

„Kassy, weißt du, was das bedeutet?"

„Dass hier überall scheißgefährliche Freaks rumlaufen?"

„Diese Welt ist eine Art Zukunftsversion von deiner und meiner. Ich muss mehr darüber erfahren, es kann kein Zufall sein, dass wir hier sind! Und aus irgendeinem Grund gab es hier nie einen Krieg. Der gesamte Planet hat dieselbe Währung! Ich geh noch einen Schritt weiter und behaupte, dass diese Welt komplett friedlich ist."

„Da lehnst du dich aber weit aus dem Fenster! Ich kenne nichts anderes als brutales Gemetzel, ich hab mal gesehen wie ein Infizierter aus meiner Welt einem Kind den Schädel einschlug, weil er dachte, das Kind sei ein Außerirdischer. Er hat mindestens eine Stunde lang die Hirnmasse zu Brei getreten. Also nimm es mir nicht übel, wenn ich nicht glauben kann, dass es eine friedliche Welt ohne jegliche Gewalt gibt", meinte Kassy skeptisch.

„Ach ja … Und vergiss nicht die Killermaschine, die 200 000 Menschen getötet hat, vermutlich macht er das heute noch!"

„Ja … Aber überleg doch mal, wie hilflos die Leute damals waren, und aufgehört mit den Versuchen haben sie auch nicht. In meiner Welt hätte man den Typ hingerichtet und alle Experimente eingestellt. Vermutlich gab es deshalb sowas in meiner Welt nicht“, fasziniert von dieser Welt, wollte John immer mehr erfahren.

„Mal was anderes. Was weißt du über diesen Dr. Schneider?“, Kassy entwickelte eine Theorie.

„Na ja, in meiner Welt war Dr. Schneider ein brillanter Mediziner und Genetiker. Er leitete eine Art pharmazeutisches Institut namens Tentix Industries und ist ein alter Freund meines Vaters.“ Die letzten Worte gingen ihm nur langsam über die Lippen.

„Denkst du dasselbe wie ich?“, fragte Kassy grinsend.

„Du meinst, dass mein Vater seine Hände im Spiel hatte?“

„Wäre doch durchaus denkbar. Dein Vater kann von einer Welt zur anderen reisen. Außerdem hatte dein Dad Zugang zu einem Hochsicherheitsgebäude in meiner Welt.“

„Dann frag ich mich, wie weit wohl seine Machenschaften noch gehen.“

„Obwohl, nein. Überleg mal, wenn dein Vater so viele Fäden in der Hand hätte, hätte er es dir nicht so schwer gemacht. Mich wundert es sowieso, dass du im Wald nicht draufgegangen bist.“

„Haha, unterschätz mich bloß nicht.“

Kassy lachte schelmisch, als sie ein wenig Ordnung auf dem zugemüllten Tisch machte.

„Hey, was denkst du? Wollen wir uns so ein Upgrade-Center mal anschauen?“

„Wieso das denn?!“

„Ich muss unbedingt mehr darüber erfahren. In meiner Welt dachte man, dass es unmöglich sei, was wir hier überall lesen.“

„Na gut, solange es nicht weit weg ist, hab ich nichts dagegen. Wir müssen nur wieder hier sein, bevor Dave zurückkommt.“

„O. k., dann mal los!“, sagte John euphorisch.

„Du kannst es wohl kaum erwarten. Hast du nicht was vergessen?“

„Was’n?“

„Wir haben keine Ahnung, wo der Schuppen ist!“

„Ach Shit, stimmt, finden wir’s raus!“

„Und wie? Ich hab keine Ahnung vom Recherchieren.“

„Ich frag die Tussi an der Info.“

„Darauf hätte ich auch kommen können“, antwortete Kassy peinlich.

„Bin gleich wieder da“, John stand auf und marschierte entschlossen an die Information.

Kassy sah nach links und nach rechts, um sich zu überzeugen, dass niemand hersah, und verließ schnell den zugemüllten Tisch, um John zu folgen. Aus der Ferne beobachtete sie John, wie er sich mit der Frau unterhielt, und konnte sich grob zusammenreimen, wie er sie ausquetschte. Nachdem die nette Frau ihm einen Straßenplan gegeben hatte, auf dem sie mit einem blauen Stift den Weg markierte, flanierte er auch schon wieder zu Kassy. „Das ging ja fix. Was hat sie denn gesagt?“

„Die war völlig von den Socken, dass es anscheinend Menschen gibt, die nicht wissen, wo sich der Laden befindet. Sie hat mir einen Straßenplan mit einer Beschreibung gegeben, ist nicht weit von hier.“

„Damit willst du sagen, dass wir da jetzt hinlatschen.“

„Genau! Langsam kennst du mich echt gut.“

„Man gibt sein Bestes, wenn man mit jemanden um sein Leben flieht und dabei das eigene Universum verlassen muss.“

„Hehe, ich muss sagen, dass ich mich daran gewöhnen könnte“, sagte John, als sie die Bibliothek verließen und ihr neues Ziel ins Visier nahmen.

„Was meinst du? An was gewöhnen?“

„Das Bereisen anderer Welten. Wir machen das zwar noch nicht lange und ich bin übermüdet und am Verhungern, aber ich find’s ohne Ende cool.“

„Ich muss zugeben, dass mir das besser gefällt als meine alte Heimat.“

Kassy freundete sich langsam mit dem Gedanken an, ihr altes Leben hinter sich zu lassen.

„John, darf ich dich mal was fragen?“

„Klar, was willst du wissen?“

„Es geht um Lily, wie war sie so?“, Kassys Herz pochte wie wild voller Angst, einen wunden Punkt getroffen zu haben.

„Wieso fragst du?“

„Ich würde nur gerne wissen, wie mein paralleles ‚Ich‘ so ist. Ist sie nett?“

John überlegte kurz, um die richtigen Worte zu finden.

„Ich weiß gar nicht, wo ich anfangen soll. Sie war vermutlich das liebste Mädchen in meiner Welt und zugleich das verrückteste. Wenn ich mich schlecht fühlte, dauerte es nicht lange und sie war bei mir. Ich erinnere mich noch ganz genau an das schlimmste Ereignis in meinem Leben. Ich hatte einen schweren Autounfall und wäre fast gestorben. Es hatte mich voll erwischt. Mehrere Rippenbrüche und mein Oberschenkelknochen ragte aus meinem Bein. Als ich dann im Krankenhaus zu mir kam, saß sie an meinem Bett und streifte mir durchs Haar." Kassy verkniff es sich, loszuheulen. Das sonst taffe Mädchen musste die Tatsachen erst mal verdauen, dass ihr Parallel-Ich, welches so lieb und zuvorkommend war, einfach getötet wurde.

„Ich weiß jetzt gar nicht, was ich sagen soll."

„Du musst nichts sagen."

„John, würdest du mir noch eine Frage beantworten? Sei aber ganz ehrlich!"

„Na gut, schieß los!"

Kassy schluckte.

„Findest du es schlimm, mich zu sehen? Oder mit mir unterwegs zu sein?"

„Was?! NEIN! Wie kommst du darauf?"

„Weil ich doch so aussehe wie Lily."

John blieb schlagartig stehen und packte Kassy am Arm.

„Hör zu! Dank dir halt ich den ganzen Scheiß überhaupt aus. In deiner Nähe fühle ich mich tausendmal wohler und habe keine Sekunde ein anderes Gefühl gehabt!"

„Ehrlich? Mir fällt ein Stein vom Herzen. Ich war mir nicht sicher, ob du mich magst oder hasst."

John warf einen kurzen Blick auf die Straßenkarte.

„Es ist nicht mehr weit. Wir müssen hier lang. Und mach dir keine Sorgen mehr, o. k.?“

„Geht klar!“, antwortete sie.

„Hey Kassy! Sieh doch mal, der Wolkenkratzer da vorne. Da muss es sein!“

Vorbei an eingepflanzten Bäumen und modischen Steinsäulen, die am Eingang hochragten, standen sie nun an ihrem Ziel und konnten ihren Augen nicht trauen.

„Ich glaub's ja nicht. Das ist das Symbol.“

„Tatsächlich“, staunte Kassy.

Das Upgrade

„Ich denke, ich weiß, was mein Dad von mir will!“
John war sich seiner Sache sicher und wollte das Gebäude betreten.
„John! Was hast du vor?“, rief Kassy perplex, als er den stählernen Türgriff schon in der Hand hatte.
„Ich muss da rein!“
„Warum zur Hölle müssen wir da rein!? Ich hab so ein mulmiges Gefühl.“
„Soll ich alleine rein?“
„Nein! Ach Scheiße … Na gut, gehen wir in das gruselige Genlabor.“
Kassys Gedanken schwirrten nicht mehr in dieser Welt umher, sondern in ihrer, wo jeden Moment ein Labor explodieren könnte und ein tödliches Virus freisetzt.
Geblendet von dem strahlenden Weiß der Räumlichkeiten und den vielen Neonröhren war den beiden nicht klar, was sie in diesem Gebäude eigentlich machen wollten.
John sah sich fürs Erste alles genau an. Fünf Minuten lang versuchte er sich alle Details zu merken. An einem Glastisch saßen vier Männer in Weiß und tranken gemütlich einen Kaffee. Als er sich weiter umsah und die Ärzte seinen Blick erwiderten, sahen sie ihn an, als sei er ein Außerirdischer, der gierig auf Menschenfleisch ist.
„Sag mal John, was guckst du dir denn alles so genau an?“, fragte Kassy gereizt.

„Wenn wir einen Brief von meinem Vater finden und da steht irgendwas wie zum Beispiel: *Deine Antwort liegt hinter dem Gemälde mit dem dreiköpfigen Drachen,* dann weiß ich, wo ich es finde.“

„Ah ja, o. k., das macht Sinn. Bist du jetzt fertig?“

„Gleich.“

An einem sechs bis sieben Meter langen Schreibtisch saß eine junge hübsche Frau, die John noch genauer musterte, ihre kleinen Wangengrübchen passten perfekt zu ihrer Stupsnase und durch ihre Sommersprossen wirkte sie komplett unbedrohlich. Als sie John sah, streifte sie sich eine Strähne aus ihrem kindlichen Gesicht.

„Hi, mein Name ist John Armstrong und ich bin hier auf der Durchreise. Ich wollte mich erkundigen, ob man hier eventuell einen Termin für eine Rundführung von diesem Unternehmen machen kann.“

John wusste nicht genau, wie er diese Frage formulieren sollte, da er so etwas noch nie gesehen hatte, geschweige denn sich ausreichend für ein Unternehmen interessierte, um einen Rundgang machen zu wollen.

„Wenn Sie es wünschen, werde ich gleich eine Führung für Sie organisieren.“

John sah Kassy ratlos an.

„O. k., gerne.“

Die hübsche Frau griff zu einem Telefon.

„Jason, hast du gerade Zeit? Ich habe hier einen besonderen Gast, der eine Führung wünscht. Aha, o. k., bis gleich“, sie legte auf und erhob sich.

„In ein paar Minuten wird jemand kommen. Sie können so lange dort vorn Platz nehmen."

John konnte kaum von ihrem enganliegenden grünen Top wegsehen, welches im Kontrast zu ihrem roten Haar stand und ihre zarten Brüste besonders gut betonte.

„Ähm, o. k., danke."

John lächelte kurz und ging rüber, um Platz zu nehmen.

„Denkst du, dein Vater hat wichtige Informationen in ihrem Shirt versteckt?", fragte Kassy beleidigt.

„Hä? Was meinst du?"

„Naja, so wie du die angestiert hast."

„Bist du etwa eifersüchtig, Kassy?"

John musste es sich verkneifen, nicht sofort loszulachen.

„Nein, bin ich nicht", antwortete sie peinlich berührt und überlegte, wie sie das Thema wechseln könnte, während sie Platz nahmen.

„Sag mal, John, ist dir eben nichts aufgefallen?"

Kassy kannte sich bestens mit Täuschungstechniken aus, da sie ja in ihrer Heimat nicht gerade den normalsten Job hatte.

„Was meinst du?"

„Es hörte sich für mich wie ein Code an, der dich in eine Falle locken soll."

„Was?! Ich glaub, du bist paranoid!"

„Ohne diese Paranoia wäre ich längst tot. Überleg doch mal. Sie erwähnte doch Wörter wie ‚ein besonderer Gast' und als du deinen Namen sagtest, hielt sie kurz die Luft an und versuchte, sich nichts anmerken zu lassen."

„Vielleicht steht sie ja auf mich."

John ärgerte Kassy.

„Oh, mein Gott! John, denk doch mal nach …"

„Ach, du reimst dir das nur zusammen, die kennen mich doch gar nicht."

„Egal, im Ernst, lass uns verschwinden! Bitte John, ich will nicht ohne dich gehen!"

„Was?? NEIN! Erst will ich mir den Laden ansehen. Dafür sind wir doch gekommen."

„Na und, schnell, bevor der Typ kommt, ich hab ein Gefühl, als würden wir bald draufgehen! Dasselbe Gefühl hatte ich, als die Infizierten mich das erste Mal angegriffen haben."

„Ich weiß nicht, wo sollen wir sonst Antworten finden?"

„Lass uns einfach gehen …"

Kassys Angst wurde so intensiv, dass ihr das Atmen immer schwerer fiel. Sie zappelte nervös auf dem Stuhl rum und konnte es nicht lassen, alle fünf Sekunden hinter sich zu sehen.

Sie musste in diesem Augenblick unaufhörlich an einen Vorfall denken. Vor zwei Jahren bekam ihre Gruppe ein neues Mitglied, Tom Gusto. Tom war ein sympathischer Mann, der sich in kürzester Zeit in die Gruppe integrieren konnte. Es vergingen Monate, ehe jemand den Verdacht aussprach, dass seine Loyalität möglicherweise nicht der Gruppe galt. Es war Kassys

Instinkt, der ihn entlarvte. Er telefonierte mit seinem Kontaktmann und erkannte in Kassys Augen, dass sie etwas wissen musste. Er legte höflich und ruhig auf und war sich nicht sicher, ob er einen Verdacht hegte. Sie fragte, mit wem er telefonierte, und er antwortete spontan, dass es nur sein Bruder gewesen sei. Sie wusste, dass er log. Er sah in ihren Augen eine ungewöhnliche Reaktion. Kassys Nervosität wurde unerträglich. Sie riss sich zusammen und wollte gehen. „Lassen wir doch die Maskerade“, sagte er und zielte mit seiner Waffe auf sie. Ein Freund und Kollege betrat den Raum. Erik Kortex war Kassys erster Freund innerhalb der Gruppe. Er brachte ihr alles bei und passte stets auf sie auf. Und jetzt war er einfach nur zur falschen Zeit am falschen Ort. Tom schoss Erik in die Brust, darauf zog Kassy wie aus einem Reflex ihre Waffe und schoss Tom in sein linkes Auge.

„Guten Tag, mein Name ist Jason und ich führe Sie durch unsere Räumlichkeiten“, unterbrach sie ein zwei Meter großer Mann, dessen Stimme tief wie die eines Bären war. Sein Gesicht war sehr markant, seine dunkelbraunen Haare wurden streng nach hinten gegelt und die Augen hatten dasselbe Braun wie sein Haar. Seine legere Kleidung verlieh ihm den Anschein, dass er hier nicht arbeitete.

„Wenn Sie mir bitte folgen würden.“

„O. k., sehen wir uns den Schuppen mal an“, John konnte es kaum noch erwarten.

„Hey!“, flüsterte Kassy zu John.

„Findest du den Typ nicht ein wenig zwielichtig?“

„Ich hatte echt keine Ahnung, wie paranoid du sein kannst", fauchte John.

„Zuerst sehen wir uns das Laboratorium an", gab der Riese von sich.

„Machen wir's uns doch bequem und nutzen den Aufzug", brummte der Bär.

„Ich fühl mich gar nicht wohl dabei", Kassys Instinkt löste Unbehagen in ihr aus, als wolle man sie in eine Falle locken.

„Was meinen Sie?", fragte der Riese.

„Ach, sie mag nur keine Aufzüge", fügte John hinzu.

„Sie brauchen sich keineswegs zu sorgen. Die Stahlseile in diesem Aufzug könnten zwanzig Autos tragen und würden nicht an Stabilität verlieren. Sie bestehen aus einem Material, das weit stabiler ist als normaler Stahl, wir sagen der Einfachheit wegen immer noch Stahlseil dazu. Eigentlich heißt dieses Material Stellanium. Es hat die Eigenschaft, wenn es strapaziert wird, sich zu dehnen, und nimmt damit exponentiell an Festigkeit zu. Es ist beinahe unmöglich, dieses Seil durch Zugkraft zu zerstören."

„Das beruhigt mich ja", antwortete Kassy, als sie John böse ansah.

Als sie vor der Aufzugtür standen, bewunderte John noch einmal die beeindruckenden Räumlichkeiten. Die dunklen Marmorfliesen hatten keinen einzigen Kratzer und wurden anscheinend erst frisch poliert. Die Fenster in Augenhöhe waren verdunkelt, es war angenehm durchzusehen, zwei Meter darüber befanden sich kleinere Fenster, die trüb, aber nicht verdunkelt waren.

Die Fenster verliehen dem Gebäude etwas Mysteriöses. Ein Geruch war kaum definierbar, aufgrund der starken Klimaanlagen, die im vollen Gange brummten. Man konnte nur das Leder der Couchgarnitur im Wartebereich riechen.
Ein sanfter Gong ertönte, was das Zeichen dafür war, dass der Aufzug angekommen war.
Als alle in der hellbraunen Kabine Platz fanden, drückte der Riese auf die 2.
Die Türen schlossen sich und eine beruhigende Melodie ertönte. Nach wenigen Sekunden Stille erreichten sie das gewünschte Stockwerk.
„Den Korridor ganz runter!", gab der Riese in einem Befehlston von sich, bei dem John unbehaglich wurde.
Still marschierten sie den unnatürlich weißen Gang entlang. John wusste nicht, ob er wegrennen sollte oder es einfach nur peinlich wäre. Vielleicht hatte diese Welt ja eine andere Mentalität und die Menschen merkten nicht, wenn etwas freundlich klang oder nicht. Kassy sah sich um, doch alles war hell und weiß, als hätte man es erst frisch gestrichen. Es kam ihr vor, als wäre sie tot und im Begriff, auf das Licht am Ende des Tunnels zuzulaufen. Alles hier hatte eine Art Schleier.
„Ein wenig Farbe würde dem Ganzen hier echt guttun."
„Mag sein", antwortete der Riese. Anscheinend hatte er nicht das Bedürfnis, ihnen viel zu erzählen.
„Hier, Lab-114. Dort werden die so genannten ‚Gen-Upgrades' durchgeführt."

John betrat mit gemischten Gefühlen den Raum. Er war sich nicht sicher, ob die Angst, die er vor dem Riesen hatte, berechtigt war oder eher lächerlich.

„So habe ich mir das nicht vorgestellt."

„Ich hab mit einer Art Arztpraxis gerechnet, wo ein Genetiker einen Schrank hat, in dem ein paar Spritzen sind", meinte Kassy ungläubig.

Durch Tausende Instrumente wirkte der Raum wie ein Supermarkt für Ärzte aller Art. An der gesamten Wand entlang befanden sich Glasvitrinen mit Substanzen in allen Farben. So viele Tische, als wäre das ein Klassenzimmer einer Universität, und überall Geräte, die man unmöglich verstehen könnte. Monitore, auf denen Berechnungen und Formeln zu sehen waren. Es wirkte, als wäre dieser Raum immer in Benutzung, dennoch war keine Menschenseele weit und breit.

„Die ganze Zeit musste ich eure Scheißgedanken ertragen. Ich weiß, dass ihr bereits etwas über mich gelesen habt, und ich muss sagen, dass die übertriebenen Zeitungsartikel mir schon immer auf die Nerven gingen. Es waren nur um die 150 000 Menschen, die ich getötet hab, und das auch nicht wegen einem Gotteskomplex, leider reicht deren Verständnis nicht annähernd aus, um das Gesamtbild zu erkennen. Mit Ausnahme von mir kann sonst niemand in die Zukunft sehen."

John wurde von einer Sekunde zur anderen weiß wie ein Blatt Papier.

„Da… Das ist hoffentlich nur ein übler Scherz", gab Kassy wie gelähmt von sich. Der Tod stand ihr gegenüber und blickte ihr ins Gesicht.

Der Bär griff in aller Ruhe in eine Glasvitrine und nahm eine Spritze heraus.

„Ich würde euch gerne sagen, dass es nicht so ist, aber es ist kein Scherz."

„Kassy! Renn!", schrie John verzweifelt.

Sie rannten auf die Tür zu, doch sie knallte wie durch Geisterhand wieder zu und ließ sich nicht öffnen.

John und Kassy konnten sich von einem Moment auf den anderen nicht mehr bewegen, als würde man sie festhalten.

„Keine Sorge. Ich werde euch nicht töten", sagte der Riese, als er die Spritze mit einer orangeroten Flüssigkeit auffüllte. John und Kassy knallten gegen die weiße Wand und konnten sich keinen Millimeter bewegen.

Der Riese schnipste noch dreimal gegen die Spritze, um die darin enthaltenen Luftbläschen zu entfernen.

„Ich sag's dir gleich, Junge, das werden höllische Schmerzen sein. Normalerweise wird einem höchstens übel, aber leider nicht bei dir."

„Aaaah! Warum tun Sie mir das an?! Was wollen Sie?"

„Anweisung deines Vaters. Ich arbeite für ihn. Er musste sichergehen, dass du diese Injektion bekommst, deshalb hat er mich beauftragt. Die Frau an der Rezeption und deine erzeugten Gefühle musste ich dir in den Kopf setzen. Ich halte mich hier auch unbefugt auf, sobald ich weg bin, werden alle in dem Laden begreifen, was hier los ist, und ihr werdet gejagt wie räudige Hunde. Ihr hättet das Gebäude ohne mich nicht einmal betreten können."

Der Riese krempelte Johns Ärmel hoch und setzte die Nadel an der Vene an, zielte kurz und drang langsam in die Ader und injizierte das Serum.

„AAAAAhhh!!!! Verdammte Scheiße! Wie das brennt!", John schrie, so laut er nur konnte, und sein Kopf wurde knallrot, Adern quollen hervor und pochten.

„Keine Sorge, das Brennen hört gleich auf. Allerdings werden die nächsten zehn Stunden nicht die angenehmsten für dich."

Der Bär griff in seine Innentasche und kramte einen Umschlag heraus.

„Hier, den soll ich dir von deinem Vater geben. Er meinte, du sollst ihn erst öffnen, wenn du diese Nacht überstanden hast."

John und Kassy konnten sich wieder bewegen. Beide schmetterten auf dem Boden auf und John lag mit schmerzverzerrtem Gesicht auf den Fliesen.

„Mein Auftrag ist ausgeführt. Ich verlasse diese Welt jetzt."

Ein Knall, so laut wie der Abschuss eines Revolvers, schallte durch den Raum und der beängstigende Riese war weg.

„Scheiße, John. Ist alles o. k. bei dir?", fragte Kassy.

„Nein, ich glaub, ich muss kotzen!"

Schlagartig jaulte eine Sirene durch alle Räume. Ein Sensor erkannte Johns Zustand und auf dem Monitor sah man nur noch ein rotes Rechteck, in dem stand „Warnung! Unerlaubte DNA, Warnung! Unerlaubte DNA!".

Kassy versuchte, John aufzuhelfen.

„Komm schon, John! Wir müssen abhauen."

John war sich des Ernstes der Lage bewusst und stand mit aller Kraft auf und steckte den Umschlag so wie auch zwei Spritzen ein.

„Was zur Hölle hast du damit vor?"

„Das fragst du noch? Genetische Verbesserungen können wir beim Reisen in fremde Welten gut gebrauchen."

„John! Wenn du denkst, dass ich mir sowas spritze, dann …"

„Sei ruhig, wir müssen abhauen", unterbrach er Kassy und humpelte mit gekrümmtem Rücken an die Tür, um nachzusehen, ob jemand kam.

„Also meiner Erfahrung nach lässt es sich am besten durch Lüftungsschächte abhauen", schlug Kassy vor.

„Die haben garantiert Sensoren darin, die einem verraten, ob sich etwas darin befindet."

„Dann schlag was Besseres vor! Wir müssen hier weg!"

„Okay! Ich hab da eine Idee. Warte kurz", John entfernte sich ein paar Meter von Kassy und übergab sich.

„John? Alles okay? War das deine brillante Idee?", Kassy wusste nicht, ob sie lachen oder weinen sollte.

„Alles klar, es geht wieder einigermaßen. Wir riskieren es einfach und klettern durch die scheiß Lüftungsschächte.“

Kassy sah John kritisch an, schob einen Tisch unter den Lüftungsschacht und stellte einen Stuhl darauf.

„Geh du vor! Nicht, dass du hinter mir umkippst.“

„Meinetwegen.“

John zwängte sich in den Schacht und kroch los. Kassy folgte ihm.

„Irgendwo muss es runtergehen.“

„Jaja, hier gibt's leider nicht viele Möglichkeiten und ich glaub, ich muss mich nochmal übergeben.“

„Scheiße, NEIN! Du hättest mich vorlassen sollen. Versuch es zu unterdrücken! Es ist bestimmt nicht mehr weit.“

Johns Übelkeit erreichte ein Level, wie er es ohne Alkoholkonsum nicht kannte.

„Da vorne ist eine Öffnung!“

Licht drang durch das Gitter des Schachts.

„Da müssen wir aber nicht raus!“, rief Kassy.

„Ja, aber vielleicht können wir da runter, an dem Sicherheitspersonal vorbei und die Treppe hinunter. Viel Zeit ist nich' mehr, ich muss mich gleich übergeben.“

„Nein! Inakzeptabel! Nicht hier! Ich hab echt kein' Bock, durch Kotze kriechen zu müssen!“

John spähte vorsichtig durch das Gitter und beobachtete, wie zwei Männer in Richtung Labor rannten. Er schluckte, so schnell er nur konnte, um sich nicht übergeben zu müssen.

„Nein, bitte nicht!“, Kassy wusste, dass es nicht mehr lange dauerte, bis John sich übergab.

„Gleich können wir raus. Ich höre noch jemand.“

Direkt unter ihm spazierte ein Mann entlang, als müsste er sich nicht beeilen, um jemand festzunehmen. John atmete langsam und konzentriert.

„Es tut mir so leid“, unaufhaltsam musste er sich erneut übergeben. Überall war der Geruch von Magensäure und im ganzen Schacht lagen kleine unverdaute Brocken. Es war überall, unter ihm, auf dem Gitter und an der Wand. Der unerträgliche Geruch brachte Kassy dazu, die Luft anzuhalten.

„Scheiße, John! Das ist sowas von widerlich und wie das stinkt!“

„Es ging nicht anders. Er ist weg! Wir können runter.“ John kroch durch seine Kotze und schlug das Gitter auf. Während Kassy die Luft anhielt, die Zähne zusammenbiss und ihm folgte.

„Wää John! Das war mit Abstand das Widerlichste, wozu ich je gezwungen wurde!“

„Ich sagte bereits, dass es mir leidtut. Außerdem geht es mir beschissen genug! Mach mir nich’ noch Schuldgefühle.“

„Jaja, wir sollten die Treppe runterrennen, ehe uns jemand riecht!“

„Haha, geh vor!“

Mit Magenkrämpfen und schwerer Übelkeit quälte sich John die Treppe hinunter. Am liebsten würde er sich übergeben, aber sein Magen war leer.

„Oh mein Gott! Was zur Hölle ist hier geschehen?!“, rief Kassy entsetzt, als sie einen zerfetzten Körper vorfand. Ein roter Wasserfall bahnte sich seinen Weg nach unten. In der anderen Ecke lagen ein rausgerissener, verdrehter Arm und gefrorene Knochenstückchen, die vor kurzem noch ein menschlicher Schädel waren, lagen verteilt auf den Stufen. Die Beine lagen mit einem Trümmerbruch beim Torso des Leichnams.

„Was hat dieser irre Soziopath mit dem armen Kerl nur angestellt? Wie kann man nur so übertreiben? Hätte er nicht einfach nur sein Genick brechen können? Sowas hat doch kein Mensch verdient.“

Fassungslos über die Grausamkeit, die sich hier abspielte, stand John mitten im Blutbad und versuchte, damit klarzukommen.

„Los, wir müssen raus hier!“, drängte Kassy, als sie ihre Fußspuren in der roten Pfütze hinterließ. Vorsichtig, um nicht im Blut auszurutschen, musste sie sich am Handlauf festhalten. Vorbei an Leichen und bewusstlosen Ärzten erreichten sie das Erdgeschoss.

„Hier sieht auf einmal alles anders aus“, stellte Kassy fest.

„Das war dieser Jason. Er hat unsere Wahrnehmung manipuliert.“

Aus dem langen Tresen wurde ein simpler Bürotisch und die attraktive rothaarige Empfangsdame war auch nicht mehr vorzufinden, stattdessen lag eine übergewichtige dunkelhaarige Frau am Boden. Vermutlich tot.

„Ich versteh das nicht. Wenn dein Vater so ein hohes Tier in dieser Organisation ist, warum dann dieses Massaker?“

„Ich kann’s kaum erwarten, ihm diese Frage zu stellen und warum er mir alles so scheiße schwer machen musste!“

„Ja, aber jetzt sollten wir schleunigst zu Dave. Was denkst du? Hat er ’n Job klargemacht?“, fragte Kassy, als sie beide durch die Tür eilten.

„Wir haben keine andere Wahl, als zu hoffen. Wenn er es nicht schafft, sind wir am Arsch!“

Gute Neuigkeiten

„Was soll das? Steak? Ich habe den Lachs bestellt!“, meckerte eine ältere Frau in einem Bürodress, die alleine an einem Tisch saß.

„Diese blöde alte scheiß verfickte Drecksschlampe! Das kostet mich noch meinen Job! Erst das eine bestellen und dann das andere wollen“, zischte Dave vor sich hin, als er das Essen wieder in die Küche brachte.

„Entschuldigen Sie, die Dame behauptet Lachs bestellt zu haben und nicht das Steak.“

„Du brauchst dich nicht zu entschuldigen, Junge, sowas passiert dauernd. Manche Leute können sich einfach nicht entscheiden“, antwortete der freundliche Italiener.

„Sind die Spaghetti für Tisch 8 schon fertig?“, wollte Dave wissen.

„Ja, aber die musst du nicht raustragen“, antwortete der Italiener.

„Was soll das heißen? Bin ich gefeuert?“

„Hahaha, nein. Deine Probezeit ist vorbei und du hast bewiesen, dass du gut arbeitest. Hier ist dein Zimmerschlüssel und Essen bekommst du zwanzig Minuten vor deiner Schicht. Komm in zwei Stunden mit den beiden Tellerwäschern wieder, dann ist der Laden hier voller als ich auf 'nem Weinfest“, die Wampe des Italieners schwappte auf und ab vor Lachen.

„Danke. Sie haben ja keine Ahnung, wie sehr Sie mir damit helfen!"

„Schon gut, Junge. Geh auf dein Zimmer oder hol deine Freunde. Ich muss arbeiten. In zwei Stunden! Sei pünktlich!"

„Ich werde Sie nicht enttäuschen!", antwortete Dave, als er ihm dankend die Hand schüttelte.

Gut gelaunt marschierte Dave zur Tür.

„Ah, eins noch", dachte er laut und ging noch schnell zur Empfangsdame.

„Hey, kannst du mir sagen, wie es zum nächsten Upgrade-Center geht?"

„Willst du dich etwa auch spritzen lassen?"

„Nein, ich will mir den Laden nur mal ansehen."

„Wenn du sonst nichts Besseres zu tun hast. Das nächste Upgrade-Center ist gar nicht weit weg von hier. Hast du einen Straßenplan?"

„Ähm, ja, hier", Dave legte den Plan auf den Tisch.

„Okay, pass auf, is' ganz einfach. Du gehst die Bakerstreet runter, bis du an diese Kreuzung hier kommst, wo du links abbiegst, anschließend die dritte wieder links und die zweite rechts, dort siehst du ein riesiges Gebäude, das ist es auch schon", erklärte die junge Frau.

„Ganz einfach also", antwortete er sarkastisch.

„Du wirst es schon finden."

„Jaja, wir seh'n uns später."

Dave verließ das Restaurant und setzte sich das Upgrade-Center als nächstes Ziel.

„Eine Stunde hab ich ja noch Zeit, da kann ich mir dieses ‚Center‘ ja mal genauer angucken. Man ist ja nicht jeden Tag in einem futuristischem Paralleluniversum“, redete er mit sich selbst, als er sich den Straßenplan einprägte.

Euphorisch stolzierte er die Straße runter.

„Die werden ganz schön dumm gucken, wenn ich mit solchen Neuigkeiten komme. Ich freu mich jetzt schon, wenn ich mir die beiden beim Tellerwaschen vorstelle. Das wird noch besser als alle Sehenswürdigkeiten dieser Welt zusammen“, dachte sich Dave mit einem gut gelaunten Grinsen im Gesicht.

„Ah, das muss auch schon die Kreuzung sein. Links abbiegen, meinte die Tussi. Ah, ich weiß, wo ich bin. Rechts geht's zur Bücherei“, brabbelte er, als er abbog.

„Na, das glaub ich jetzt nicht!“, er konnte nicht fassen, was er da sah. John und Kassy, die völlig verdreckt auf ihn zu eilten.

„Das nennt ihr also recherchieren? Was ist denn mit euch passiert? Wää! Und warum seid ihr so vollgekotzt?“

„Dave, halt die Klappe! Ich bin mit meinen Kräften am Ende“, fauchte ihn John genervt an.

„Er hatte ein Gen-Upgrade und wir waren Zeuge eines grausamen Massakers. Das ist die Kurzfassung“, erklärte Kassy.

„Das ist ja toll! Während ich mir den Arsch aufreiße und einen Job und ein Zimmer für uns klarmache, lasst ihr euch upgraden und erlebt noch ein cooles Abenteuer.“

„Also manchmal machst du mir Angst mit deinem Realitätsverlust", sagte John.

„Moment mal, sagtest du, du hast ein Zimmer?", fragte Kassy.

„Ganz recht. Job, Essen und ein Zimmer."

„Dave, ich nehm alles zurück!"

„Warum habt ihr mich nicht mitgenommen, wenn ihr euch upgraden lasst?"

„Dave … Nicht ich!", wiederholte Kassy.

„Ich wollte nicht mal eins!", beschwerte sich John.

„Also bist du da in die Spritze reingestolpert oder wie soll ich das verstehen?"

„Nein, Mann. Ich erklär's dir später!", mit aller Kraft musste John sich bemühen, nicht umzukippen.

„Moment mal!", unterbrach sie Kassy.

„Woher weißt du so viel über diese Upgrades? Wir mussten mindestens eine Stunde Zeitungsartikel durchstöbern", stellte Kassy verwirrt fest.

„Ich hab ein Mädchen kennengelernt, das nach diesem Upgrade ein fotografisches Gedächtnis hatte."

„Klingt ja cool, aber wir sind auf der Flucht! Schon vergessen?", fügte John hinzu.

„Was?? Nein. Nicht schon wieder! Was soll das?", meinte Dave genervt.

„Warum zum Teufel sind wir in jeder Welt nach maximal zwei Stunden schon wieder auf der Flucht? Kann doch nicht sein, so schwer ist das doch nicht, unauffällig zu sein."

„Dave, bitte, nicht jetzt."

„Na gut, gehen wir aufs Zimmer."

„Danke!“, gab John gequält von sich.

„Ach ja, ich hab dir so ’n Gen-Upgrade mitgebracht“, fügte John hinzu.

„Wie cool ist das denn! Danke, Mann!“

„Ich dachte mir, mit so ’ner kleinen genetischen Verbesserung werden wir’s leichter haben.“

„Cool, einfach nur cool!“

„Jaja, schon gut. Zeig uns dein Zimmer. Ich kann nicht mehr lange stehen.“

„Okay, kommt mit“, sagte Dave und ging voraus.

Das Zimmer

„Verfickte Scheiße, John! Seit wann bist du so schwer?!"

Jeder einzelne Rückenwirbel von Dave hörte sich an wie das knisternde Holz in einem Lagerfeuer.

„Schnell, legen wir ihn aufs Bett."

John konnte keinen Schritt mehr machen, seine Muskeln erschlafften bei jedem Versuch aufzustehen. Wie eine Infektion breitete sich der Wirkstoff aus und löste unzählige Reaktionen im Körper aus. Alte Zellen wurden vernichtet und durch neue ersetzt. Sein Herz raste und seine Poren schwitzten.

„Wa… Was passiert mit mir?", stotterte er, ohne die geringste Ahnung, wo er sich befand. Orientierungslos wie ein Junkie, der sich gerade einen Schuss verpasst hatte, wollte er nur noch in eine vertraute Umgebung.

„Wo sind wir? Dave, fahr mich nach Hause. Was machen wir hier überhaupt?"

Absoluter Realitätsverlust und Wahrnehmungsstörungen breiteten sich immer stärker aus.

„Ähm, wir haben vor mehr als 36 Stunden unser Universum verlassen, schon vergessen? Du hast mir eine Art Teleportchip unter die Haut gejagt und unmittelbar bevor uns ein Haufen Stahlträger zermatscht hätte, sind wir in eine andere Welt gesprungen."

„Hä, was redest du da für einen Müll?"

„Dave! Was soll das? Merkst du nicht, dass er starke Halluzinationen hat? Das hilft ihm garantiert nicht.“

„Ich dachte, ich versuch’s mal mit der Wahrheit. Vielleicht macht es dann Klick und er kommt wieder runter.“

„So geht das bestimmt nicht! Dave, ich hab tierische Angst! Ihr zwei seid die einzigen Menschen für mich. Was, wenn er das nicht überlebt?!“

Kassys Angst stach ihr in den Magen. Die Vorstellung, den ersten bedeutsamen Menschen seit Jahren so schnell wieder zu verlieren, bereitete ihr Bauchschmerzen.

„Sag doch sowas nicht! Versuch dich zu beruhigen und erzähl mir lieber mal, was in diesem Labor passiert ist“, heulend und schluchzend setzte sie sich aufs Bett und erzählte ihm die Kurzfassung.

„Moment mal! Ein genetisch gepuschter Massenmörder und Soziopath, der für Johns Vater arbeitet, hat ihm ein Upgrade verpasst? So beschissen sich das anhört, geht es mir jetzt besser.“

„Was redest du da, sieh ihn dir doch mal an!“, von der wenigen Schminke, die sie noch im Gesicht hatte, floss nun der Rest über ihre Wange.

„Sein Vater würde unter keinen Umständen zulassen, dass ihm etwas passiert. Ich denke, dass sind einfach nur irgendwelche Nebenwirkungen, die sein Körper erst mal verarbeiten muss. Immerhin handelt es sich um einen genetischen Eingriff.“

„Das dachte man in meiner Welt auch und früher oder später wurden alle verrückt. Die hatten auch

Wahnvorstellungen und brachten sich anschließend auf grausamste Weise um!"

„Mach mir keine Angst", Dave konnte sich ein Grinsen bei diesem Satz nicht verkneifen.

„Ahhh! Er wird sterben und wir können nichts machen!"

„Komm runter, ich mach nur Spaß. Hör zu. Sein Vater ist einer der intelligentesten Menschen im Universum und gehört der einflussreichsten Organisation an, die es überhaupt gibt. Ich denke keine Sekunde daran, dass sein Vater irgendetwas dem Zufall überlassen würde. Wisch dir die Tränen aus dem Gesicht und kümmere dich ein wenig um ihn. Was Besseres können wir nicht machen. Ich muss jetzt arbeiten, sonst fliegen wir raus. Zum Glück ist es nicht so voll, dass ihr gebraucht werdet."

Das sonst taffe Mädchen wischte sich die Tränen aus dem Gesicht und versuchte sich zu beruhigen.

„Du hast recht. Das hat keinen Sinn. Geh arbeiten. Ich kümmere mich um ihn."

„Genau auf diesen Satz hab ich gewartet. So, ich bin dann weg!", den Satz kaum beendet, war Dave schon weg und knallte die Tür zu.

Währenddessen wälzte sich John von einer Seite zur anderen. Geplagt von starken Halluzinationen, die durch das hohe Fieber erzeugt wurden. Kassy fuhr ihm liebevoll durch sein Haar, um ihn zu beruhigen.

„Schhhh, ganz ruhig! Ich bin ja da und geh nicht weg."

„Lily? Du … du lebst? Ich hab mir jede Sekunde Sorgen gemacht und hätte mich am liebsten übergeben bei der Vorstellung, dich verloren zu haben."

„John, ich bin nicht … ähm … schon o. k.. Versuch, ein wenig zu schlafen."

„Danke."

Johns Zustand verschlechterte sich immer mehr. Kalter Schweiß durchnässte sein Shirt und permanent quälten ihn andere Gedanken.

„Warum danke?"

„Weil du immer für mich da gewesen bist, wenn ich dich gebraucht habe, und ich hatte nie die Gelegenheit, um mich zu bedanken", langsam und unbeholfen, als wäre er im Halbschlaf, verließen ihn die Worte.

„Lily! Wir müssen ans Wachsmuseum!"

„Erzähl mir mehr davon."

„Die letzte Welt haben wir bei Port ,Q3689b' verlassen und um zu meinem Vater zu gelangen, müssen wir an das Museum, aber vorher haben wir noch einen langen Weg durch eine düstere und gefährliche Welt."

Kassy war nicht klar, ob er gerade wirres Zeug vor sich her brabbelte oder mehr wusste, als er zugab.

„Woher weißt du das alles?"

Kassy dachte, da er ja sowieso nicht klar denken kann, seinen Zustand zu benutzen, um ihn auszuquetschen.

„Diese Bilder. Überall diese Bilder. Ich … ich glaube, ich war schon in Hunderten von Welten. Aaaaaaaahhhh, nein! NEIN! Wir müssen hier weg! Die Heuschrecken werden alles töten! Sie können von einer

Welt zur anderen springen. Sie müssen nicht warten, so wie wir."

Kassy nahm sein Kopf und versuchte, ihm in die Augen zu schauen.

„John! John! Mach die Augen auf! Weißt du, wo wir uns befinden?"

„Ja, wir sind in einer der erfolgreichen Projektwelten. Hier wird es nie wieder Krieg geben. Nur die Heuschrecken müssen wir aufhalten. Ich habe die Zukunft hier gesehen."

„Eins nach dem anderen. Was wollen die Heuschrecken?"

„Sie werden geschickt, um uns zu vernichten, besonders mich."

„Von wem geschickt?"

„Wir sind die eine Seite und sie die andere."

„Ich musste die Zukunft dieser Welt lenken, um die kommenden Ereignisse hervorzurufen."

„Was soll das heißen?"

„Man hat mir den Auftrag gegeben, eine Stadt zu vernichten. Jeden einzelnen Menschen zu töten, um die Zukunft der Menschheit zu sichern."

„Wovon redest du, John?"

„John? Mein Name ist Jason! Wir müssen hier weg!"

Todesängste erzeugten bei Kassy eine Gänsehaut.

„NEIN! Dein Name ist John. Und wie rettet man die Menschheit, indem man eine Stadt auslöscht?"

„Sie mussten einen unbesiegbaren Gegner haben. Erst als das Upgrade X fertig war, sollte ich aufhören mit dem Massenmord."

„Was ist das für ein Upgrade?“

„Das, was man mir gespritzt hatte.“

Kassy wurde langsam klar, dass es sich hierbei um mehr handelte als nur um Forschungen. Aber das Puzzle war noch lange nicht zusammengesetzt.

„O. k., nochmal. Wie ist dein Name?“

„Jason!“

„NEIN! Dein Name ist John! Jason war der Kerl, der dir diese Spritze verpasst hatte, und wir haben unzählige Artikel über ihn gelesen.“

„Ich erinnere mich langsam an alles. Die Vergangenheit und die Zukunft.“

„An die Zukunft? Was meinst du?“

„Ich kann sie sehen, aber es ist nicht annähernd so, wie man es aus Filmen kennt. Kein Raum. Es ist so viel mehr. Wir müssen hier weg!“

Johns Herzschlag pochte wie wild. So schnell, wie Kassy es noch nie fühlen konnte.

„Warum müssen wir hier weg?“

Kassy musste die Gelegenheit nutzen und ihn verhören.

„Die Heuschrecken sind auf dem Weg hierher. Diese Wesen wurden erschaffen, um zu töten. Nichts kann sie stoppen. Sie sollen mich töten.“

„Warum denkst du das?“

„Weil ich eine Gefahr bin.“

„Du oder Jason? Für wen eine Gefahr?“

„Lily, erinnerst du dich an damals? Wir haben uns ins Kino geschleust und sahen die ganze Nacht Filme. Immer wenn eine Aufsicht kam, haben wir uns versteckt und schlichen anschließend in einen anderen

Saal. In der Nacht wurde mir klar, dass du die Einzige für mich sein wirst", John brachte sich in eine angenehmere Umgebung.

„Nein, John! Du schweifst ab. Wann kommen die Heuschrecken?"

„Du wolltest unbedingt diesen schnulzigen Film schauen und hast mich schließlich überredet, als der Film zu Ende war, warst du so glücklich, dass ich ihn am liebsten nochmal mit dir angesehen hätte." Kassy hatte Angst, dass diese Heuschrecken kamen. Sie lief ins Bad und brachte ihm ein Glas Wasser.

„Hier, trink einen Schluck. Du solltest deinen Elektrolythaushalt auffrischen."

Kaum angesetzt war das Glas auch schon leer.

„Ich versuch, mal zu schlafen. Mein Kopf explodiert bald. Würdest du dich zu mir legen? Ich bin so verwirrt, ich brauch jemand, der mich am Boden hält."

„Gerne, der Tag war mehr als anstrengend und ich bin so müde. Lass uns ein wenig schlafen", Kassy schaltete das Licht im Zimmer aus, nur noch das gedämpfte Nachtlicht erhellte den Raum. Sie kletterte unter die Decke, nahm John in den Arm und schaltete das Licht aus.

Der Mathematiker

„Mann, Leute! Im Ernst! Wie lange kann ein Mensch schlafen?“, gab Dave schmatzend von sich, als er gerade die letzte Tortellini aufgespießt hatte und zu seinem Mund führte.

„Was?“, stöhnte Kassy verschlafen und zog sich die Decke über den Kopf.

„Viel länger können wir hier eh nich’ bleiben. Ich bin schon seit Stunden wach und langweil mich. Ach, und der Chef meinte, wir sollen in drei Stunden überall mal durchwischen.“

„Lass mich schlafen!“, antwortete es unter der Bettdecke.

„Ich glaub, John ist tot.“

Kassy schoss nach oben, als hätte man ihr einen Stromstoß verpasst.

„Was?!“

„Nein, war’n Witz. Er hat eben noch gefurzt.“

„Hä?“

„Nein, hat er nicht und ihm geht’s bestimmt wieder gut. Bist du jetzt endlich wach?“

Kassy ließ sich wieder zurück ins Bett fallen und stöhnte genervt wegen Daves Kommentar.

„Das ist nicht witzig, Mann! Und warum bist du schon so fit?“

„Hier gibt’s auch Kaffee, außerdem habt ihr es euch ja gemütlich gemacht und ich musste auf dem Boden pennen.“

„Ach so, sorry.“

„Hab ich eigentlich noch was verpasst, nachdem ich
weg war? Als ich mit der Arbeit fertig war, habt ihr
schon tief und fest geschlafen.“
„Oha, das glaubst du mir nie! John hatte extreme
Halluzinationen und irgendwann hielt er sich für
Jason.“
Dave musste sich bemühen, sich nicht zu verschlucken,
als er gerade aus einer Wasserflasche trank.
„Was?!“
„Ja! Er war voll weg und hatte komplett andere
Erinnerungen.“
„Moment mal! Er hatte fremde Erinnerungen?
Vielleicht ist das ja seine Fähigkeit? Ach, scheiße und
ich hab's verpasst.“
„Er wusste für kurze Momente alles. Absolut alles. Er
hat über diese ‚Heuschrecken‘ geredet, als hätte er
schon ewig damit zu tun. Ich glaub, er wusste auch
alles über die Pläne von seinem Vater. Am besten, du
fragst ihn selbst.“
Dave wurde neugierig und stellte seine Flasche auf den
Boden, um an Johns Bettseite zu laufen, er packte ihn
an den Schultern und schüttelte ihn mit aller Kraft auf
brutalste Weise durch.
„Wach auf, du Penner!“
„Aaahh, stopp! Mein Kopf explodiert gleich.“

„Na endlich wacht der Letzte auf … los, erzähl mal.
Was war letzte Nacht? Hast du jetzt 'ne Fähigkeit?

Kannst du fremde Erinnerungen aufnehmen? Oder Lichtblitze aus den Händen schleudern?"

John rieb sich die Augen und verarbeitete die letzten Geschehnisse.

„Hmm … ich weiß nur noch, wie ich zusammengesackt bin und nicht mehr laufen konnte. Ihr habt mich anschließend hierher getragen und danach …"

„Was danach??"

„Keinen Schimmer. Ich kann mich an nichts, was danach geschah, erinnern."

Kassy schob sich erst mal ihren linken BH-Träger hoch, wickelte sich ihre Decke um und stapfte ins Badezimmer.

„Mann! Kassy meinte, du weißt jetzt alles über die ‚Heuschrecken' und über deinen Vater."

Verwundert über die Neuigkeit musste John nachdenken und versuchte, sich an irgendetwas von der vergangenen Nacht zu erinnern.

„Nein. Sorry, kein Plan."

„Scheiß drauf, das kommt noch. Finden wir erst mal raus, was deine Fähigkeit ist. Kannst du dich vielleicht unsichtbar machen?"

„Mann, bist du aufgedreht. Ich hab keine Fähigkeit. Zumindest noch nicht."

„Streng dich an! Irgendwas muss sich doch verändert haben."

„Ich fühl mich irgendwie anders, als ob eine Last von mir genommen wurde oder eine Barrikade entfernt

wurde. Es ist schwer zu beschreiben, aber alles wirkt klarer."
„Das ist es, du bist superschlau."
„Wie soll das denn bitte die Menschheit retten?"
Kassy sprang wütend aus dem Badezimmer. Nur in Unterwäsche stand sie da.
„Wo sind meine Klamotten?!"
Sprachlos musterten beide zeitgleich ihren niedlichen hellblauen BH, der perfekt zu ihrem Höschen passte.
„Die war'n dreckig und vollgekotzt. Hättest du die echt angezogen?", fragte Dave, amüsiert über das halbnackte Mädchen, das wie wild herumsprang.
„Nein. Ich hätte aber die Flecken rausgewaschen."
„Dann darfst du mich jetzt küssen. Ich hab unsere Sachen in die Waschmaschine geschmissen. Ist dir nicht aufgefallen, dass ich ein orangefarbenes T-Shirt trage?"
„Stimmt. Wo hast du das denn her?"
„Von 'nem Kollegen. Bei dem Job ist es üblich, ein zweites oder drittes Shirt als Ersatz dabeizuhaben."

John stand von einer Sekunde auf die andere auf und wuselte durchs Zimmer.
„Wo ist der Umschlag von meinem Dad?"
Kassy griff unters Bett und holte den Umschlag hervor.
„Vielleicht hilft dir das, dich zu erinnern."
Die Spannung steigerte sich mit jedem Zentimeter von dem Klebestreifen, den John langsam aufriss. „Hier sind Unterlagen über die Organisation, Projekte und Briefe. Ich les mal vor."

Mein Sohn,

ich hoffe, du wirst diesen Brief lesen, dann hast du den richtigen Weg eingeschlagen und bist den Brotkrumen, die ich dir hinterlegt habe, gefolgt. Wenn du diesen Brief bekommen hast, bedeutet das, dass du bereits diese Welt kennengelernt hast. Ich musste sichergehen, dass alles nach Plan verläuft, und habe deshalb meinen besten Mitarbeiter darauf angesetzt. Ich sagte ihm, er solle dich mit Samthandschuhen anfassen.

„Pff, ich dachte, der killt uns …"

Gerne wäre ich bei deiner momentanen Entwicklung dabei, um dich zu unterstützen. Leider muss ich hier arbeiten. Die meisten deiner Fragen wirst du in Kürze selbst beantworten können. Als du noch sehr jung warst, mussten wir deine erste genetische Veränderung an dir vornehmen. Mach dir keine Sorgen, alles, was wir taten, taten wir zu deinem Wohl und dem der Menschheit. Du solltest nicht nur eine Fähigkeit manifestieren, sondern das gesamte menschliche Potenzial entfalten. Deine Intelligenz wird bald unvorstellbare Ausmaße erreichen und wenn du so weit bist, wirst du dich an Dinge und Geschehnisse erinnern, die du selbst nie erlebt hast. Um es kurzzufassen, wir haben dir auf genetischer Ebene Erinnerungen eingepflanzt. Ich durfte nichts dem Zufall überlassen. Die letzte Welt musstest du nicht aufgrund des richtigen Ports durchqueren. Wenn ein Mensch von alleine derartige Fähigkeiten entwickelt, verliert er all seine Empfindungen, wie bei unserem Prototyp Jason, den du ja schon kennengelernt hast. Deshalb musste ich dafür sorgen, dass du Kassy kennenlernst. Du brauchst Gefühle und deine Fähigkeiten, nur dann wirst du in der Lage sein, das Überleben der menschlichen Rasse zu sichern.

In Liebe, dein Vater

„Was?! Was!!! Was soll das heißen? Ich war die ganze Zeit nur eine Schachfigur deines Vaters? Wie kann man sowas einfädeln?"
Kassy wollte weinen, war aber zu wütend dafür und ging ans Fenster.
„Kassy, nein! Wir mussten dich mitnehmen und es hätte uns auch jemand anderes in diesen Block einschleusen können, oder?"
„Ich weiß es nicht. Treffen wir noch unsere Entscheidungen?"
John suchte vergeblich nach den richtigen Worten.
„Ich würde ja sagen, dass alles Zufall war, aber ich … ich weiß es nicht."
„Hey, Leute, es geht doch offensichtlich um mehr als um euch. Seht es als Glück an und nicht als Schachspiel."
„Dave hat recht. Lies weiter, da sind doch noch mehr Unterlagen."
Sie wischte ihre Tränen aus dem Gesicht und versuchte die Beherrschung zu erlangen.
John blätterte eine Seite weiter.
„Das ist wohl eine Art Tagebuch."

Wir beginnen heute mit den ersten Tests mit Serum 32. Dieser Wirkstoff wurde entwickelt, um tote Zonen im Gehirn zu aktivieren. Wir haben eine geringe Menge in das Trinkwasser einer Kleinstadt eingeschleust. Nun beginnen wir mit der Verhaltensstudie. Nachdem wir eine Reihe von erfolgreichen Tests an menschlichen Probanden durchführten, galt unser nächster Schritt, einen Evolutionssprung hervorzurufen. Bedauerlicherweise mussten wir feststellen, dass sich das Mittel im Trinkwasser veränderte. Wir vermuten, es handelt sich hierbei um eine Verbindung mit einem Virenstamm. Jeder Mensch, der mit dem Trinkwasser in Kontakt kam, wurde nach wenigen Wochen wahnsinnig.

Anfangs konnte man keine Veränderung feststellen, deshalb nahmen wir an, dass der Wirkstoff im Trinkwasser verlorenging. In der sechsten Woche begann das erste Massaker. Die Menschen in der Stadt verloren jeglichen Bezug zur Realität. Sie verloren ihre Wahrnehmung. Im Labor konnten wir ermitteln, dass sich das Serum mit Krankheitserregern verband. Es mutierte so schnell, dass wir nicht mehr wussten, womit wir es zu tun hatten. Auf den Straßen ertrank man im Blut der Infizierten und der Nicht-Infizierten. Es verbreitete sich innerhalb weniger Wochen um den gesamten Globus. Wir haben das Projekt und diese Welt schließlich aufgegeben.

Sprachlos und blass saß Kassy auf dem Bett.
„Da… Das war meine Welt. Mein Zuhause. All meine Freunde und Verwandten sind wegen deinem Vater gestorben! Sie waren nur Versuchstiere."
„Oh mein Gott. Scheiße. Kassy, es tut mir so leid! Ich fühl mich gerade so mies."
„Alter, dein Dad ist ja wie Hitler", flüsterte Dave zu John rüber.
„Fresse, Mann!"
„Es war ja nicht deine Schuld, aber ich weiß nicht, was ich von deinem Vater halten soll. Ich versteh das alles nicht. Was kann so wichtig und groß sein, dass man im Glauben ist, Milliarden Menschen opfern zu können?"
„Ich weiß es nicht, aber etwas wird bald passieren."
Dave wühlte in den Unterlagen rum und nahm ein Blatt mit vielen Namen in die Hand.
„Hey John, sieh dir das mal an."
„Oha, das müssen die Organisationsmitglieder sein."

Andrew Preston. „Das ist der Bürgermeister von New York."

Jacob Donahue. „Das ist der Senator."

Steven Baker. „Vorstandsvorsitzender von C. B. B. A. Waffenentwicklung."

Dr. Lennard Schneider. „CEO von Tentix Industries.“

Samantha Orlow. „CEO von Orlow Industries and Chemical Company.“

Nicolas Kane und Robert Cole. „Von Cole & Kane Frequenzforschung.“

Gabriel Armstrong. „Mein Vater.“

„Woher kennst du denn all die Leute?“
„Hab ich in der Uni aufgeschnappt. Viel wichtiger ist: Was haben die mächtigsten Menschen unserer Welt für Ziele, wenn sie in jedem Universum ihre Finger im Spiel haben? Offensichtlich ist das Reisen nach verschiedenen Welten gang und gäbe bei denen.“
Erstarrt sah John auf den Brief von seinem Vater. Wie in Trance versetzt sah er auf den Zettel.
„Was starrst du denn so auf den Brief?“, fragte Dave.
„Da sind Buchstaben.“
„Hä? Ja, ganz recht und die bilden viele Sätze. John, was ist los?“
„Nein. Da sind Buchstaben. Sie leuchten“, gab er stark konzentriert von sich.
„Du wirst jetzt nicht verrückt oder so?“
Kassy saß still vor John und versuchte, es zu verstehen.
„Da steht was. Eine Art Anagramm. Finde … finde den Mathematiker.“

Dave riss ihm das Blatt aus der Hand und starrte selber darauf. Drei Minuten, ohne zu blinzeln, konzentrierte er sich auf die Buchstaben.

„Das muss deine Fähigkeit sein. Ich erkenn da nichts.“

„Und hast du ’ne Ahnung, wo wir anfangen sollen zu suchen?“, fragte Kassy, als hätte John eine Antwort. Er grübelte intensiv nach, als würde es ihm dank seines Upgrades in den Schoß fallen. Ein Klopfen an der Tür störte ihn beim Nachdenken.

„Es ist offen“, rief Dave.

„Hi, ich bin Karl. Die meisten nennen mich ‚den Mathematiker‘.“

Völlig sprachlos verarbeiteten sie die Situation.

Dave beugte sich zu John rüber.

„Ist das vielleicht deine Fähigkeit? Leute herteleportieren?“

„Nein! Verdammt, ich hab noch keine Fähigkeit.“

„Das ist echt unheimlich“, gab Kassy von sich. Alle drei starrten den Fremden sprachlos an.

„Was wisst ihr über mich? Du musst John sein. Hast du schon eine Fähigkeit, oder bin ich zu früh?“

Der Fremde quasselte in einem Tempo, als würde man einen Kassettenplayer mit doppelter Geschwindigkeit abspielen. „Wie hast du uns eigentlich gefunden?“, fragte Kassy, während Karl sich jedes Detail und jeden Gegenstand im Zimmer einprägte. Er sah sich die Position der Kleidung auf dem Boden an, die Position der Stühle, einen kleinen Esstisch in der Ecke und die Bettdecke, die zusammengeknüllt am Fußende lag.

„Wir arbeiten zusammen. Naja, noch nicht, aber bald. Völlig egal, ob jetzt oder später. Es ist schon passiert.“ Er wirkte ein wenig verrückt oder autistisch mit seiner schnellen Redensart und seinen unkontrollierten Bewegungen. Er sprang hin und her, als würde hier etwas nicht ins Bild passen, und Dave sah er an, als wäre er ein Terrorist, der im Begriff ist, einen Bombengürtel umzuschnallen, um in eine Menschenmasse zu rennen. „Was meinst du damit, es ist schon passiert?“, fragte John, um dieses Nervenbündel auf den Boden zu bringen.

„Der da, nein, der sollte nicht hier sein! Nur du und das Mädchen. Nein! Nein! Nein! Er wird alles verändern. Das wird dem Chef ganz und gar nicht passen“, sagte er so schnell, wie ein Mensch nur reden kann, und setzte sich dabei aufs Bett, stand wieder auf, schob seine schwarze Hornbrille hoch, die auf diesem kleinen Kopf nahezu gigantisch wirkte. Seine Sommersprossen und seine hellen, fast weißen, kurzrasierten Haare verliehen ihm einen absoluten Streberlook. John wurde langsam ungeduldig. „Jetzt gib mir mal ’ne vernünftige Antwort! Warum sollten wir bald zusammenarbeiten und warum sollte Dave nicht hier sein?“

„Ich soll bei dir bleiben, bis du kannst, was ich kann, und der da, der sollte in einem anderen Universum sein und nicht in diesem!“ Dave konnte dieses wirre Geschwätz von diesem Knirps nicht länger ertragen. Er konnte sich nicht länger beherrschen, nachdem er die letzten Tage kaum geschlafen hatte und immer wieder um sein Leben rennen musste. „Jetzt pass mal auf, du Freak! Du hast mir einen Scheiß zu sagen und was ich mache und wo ich hingehe, geht dich genauso wenig an! Wenn du mit mir ein Problem hast, können wir ja mal vor die Tür gehen und das regeln." John sprang vor Dave, um ihn zurückzuhalten. Der Fremde hat ihm nicht einmal zugehört, als würde er in seiner eigenen Welt leben.

„Dave, bleib cool. Ich will wissen, was der Typ weiß und was er vorhat."

„Karl, mein Name ist Karl, oder Mathematiker. Wir müssen anfangen. Die Gleichung hat sich wegen dem da zu stark verändert. Jetzt weiß ich nicht, wie der Rest verläuft."

John atmete tief durch, um nicht laut zu werden. Dieser schnell quasselnde Kerl war so anstrengend, dass sich alle zusammenreißen mussten. „Also. Jetzt beantworte erst mal unsere Fragen! Wer ist der Chef und was genau sollst du hier machen?" Karl sah sich um, marschierte wieder durchs Zimmer und prägte sich jeden Gegenstand an. Keiner konnte genau einschätzen, was in diesem Geist vor sich ging. „Der Chef? Das musst du doch wissen. Dein Vater ist der Chef und ich soll dir helfen, dass du dich erinnerst, und dir das Rechnen beibringen."

„Da komm ich jetzt nicht ganz mit. Was für Erinnerungen meint der? …Und rechnen kann ich ganz gut. Danke."

Kassy setzte das Puzzle weiter zusammen und wusste genau, um was es sich bei den Erinnerungen handelte. Immerhin hatte sie keinen Hinweis, wo der nächste Port war. „Letzte Nacht hattest du fremde Erinnerungen und wusstest, wo man die richtigen Ports findet. Ich hielt es für Halluzinationen, aber langsam ergibt alles Sinn.“

„O. k., Karl, sag mir mal ganz genau, was du für meinen Vater machst. Wozu braucht er dich?“

„Also, dein Vater, er ist ein brillanter Wissenschaftler. Er hat immer Pläne, aber die sind fehlerhaft. Sie können nicht immer eintreffen. Es gibt immer eine Variable, die etwas verändert. Ich korrigiere sie, rechne alles neu durch und sage ihm, wann er was machen muss, damit alles eintrifft, was er gerne hätte.“

Genervt von diesem Gerede musste sich John auf einen Stuhl setzen. Er fragte sich, ob der Kerl ein Genie oder ein Verrückter sei. Zutreffen konnte beides.

„Etwas präziser bitte. Wir haben nicht ewig Zeit, um uns das Geschwätz eines dreißigjährigen Strebers anzuhören, der vielleicht einfach nur ein Spinner ist.“

„Und zu mir sagt er was“, flüsterte Dave zu Kassy.

„Also nochmal. Dein Vater schmiedet Pläne und ich rechne die Einzelheiten durch, damit auch alles eintrifft. Die Heuschrecken und deine Rettung, du und der Quantumchip, du und Kassy, Jason, und jetzt deine Erinnerungen.“

„Wie bitte? Das war alles deine Idee?“, schrie Kassy.

„Hör mir doch richtig zu. Sein Vater hat die Ideen und ich kalkuliere alles durch, damit es auch ohne Komplikationen eintrifft.“

„Du kannst die Zukunft sehen. Versteh ich das richtig?“, fragte John ungläubig.

„Nein. Das ist nicht annähernd so einfach, wie ihr euch das vorstellt. Wenn jemand in der Lage ist, die Zukunft zu sehen, wird sie nicht mehr so eintreffen. Bisher war nur Jason dazu in der Lage. Ich dagegen kann sie errechnen und kann sie so vorhersagen, aber auch nur Wahrscheinlichkeiten. Es kann auch anders verlaufen, wie zum Beispiel bei deinem Freund hier.“

John hatte zwar sehr gute Noten in Mathe, aber das überstieg alles, was er aus seiner Welt kannte. Vermutlich wäre so jemand eine Sensation und wäre höher angesehen als Einstein.

„Ich versteh nicht im Geringsten, wie das funktionieren soll, geschweige denn, wie du mir sowas beibringen willst. Ich bezweifle, dass ich sowas erlernen kann.“

John war sich sicher, so etwas nicht erlernen zu können. Dass sowas überhaupt möglich war, konnte er ja nicht einmal verstehen. „Eins nach dem anderen. Meine Anwesenheit reicht aus, damit du lernst, was ich kann. Du musst Geduld haben. Du hast ja nicht die geringste Ahnung, wozu du einmal fähig sein wirst. Zunächst einmal musst du dich erinnern.“

„Wie stellst du dir das nur vor? Ich streng mich an, aber da ist nichts.“

„Deine Freundin sagte da was anderes.“

Der Streber marschierte von Regal zu Regal und durchsuchte jeden Winkel. Unter dem Zimmertelefon wurde er fündig. Ein Notizblock und ein Kugelschreiber.

„Was macht er denn jetzt?", fragte Dave, als hätte John eine Antwort. „Keine Ahnung", flüsterte er leise, während alle zusahen, wie der Streber schon die zweite Seite voll mit mathematischen Formeln krakelte. Oben links stand „John", der Rest wirkte wie eine Sprache aus Zahlen, Buchstaben und Zeichen und unten rechts im Eck stand „Erste Erinnerung". Auf der zweiten Seite ging es genauso weiter, nur komplett andere Symbole. Anscheinend kürzte er die Wörter ab und schrieb „E2, E3, E4", bis er mit der dritten und letzten Seite fertig war.

„Alter, was'n Freak." Dave war froh, dass er das nicht lernen musste. „Wir brauchen mit einer sechsundachtzigprozentigen Wahrscheinlichkeit drei Stunden und zwölf Minuten, dann solltest du wissen, wo der nächste Port ist, und der Rest kommt von alleine."

John kratzte sich am Kopf und versuchte das Ganze zu verstehen, was der Kerl von sich gab. „Und was, wenn ich mich nicht oder zu spät erinnere?"

„Wirst du nicht. Das ist meine Aufgabe. Du solltest nur wissen, auf jede Aktion folgt eine Reaktion. Veränderst du den einen Wert, kann der andere nicht mehr stimmen. Jetzt und nachher wird komplett anders verlaufen."

„Dann sollten wir keine Zeit verlieren und anfangen. Hilf mir, mich zu erinnern.“

„Das wollte ich hören, damit erhöhst du den Erfolgswert um fast ein Prozent.“

„Wow, so viel“, fügte Dave hinzu, während Karl sich den zweiten Stuhl nahm und ihn penibel einen Meter vor Johns Stuhl positionierte. „Ihr beide setzt euch jetzt aufs Bett, ihr müsst vollkommen still sein. Habt ihr verstanden, kein Ton.“

Genervt folgten die beiden seinen Kommandos. „John, ich muss ganz bestimmte Synapsen bei dir stimulieren und damit das funktioniert, musst du exakt das tun, was ich dir sage. Verstanden?“

„Ja, leg schon los.“ John war alles egal, er wollte nur diese Erinnerungen. Der Gedanke machte ihn wahnsinnig, alles zu wissen und es nicht abrufen zu können.

„Okay John, immer wenn du tief durchatmen sollst, darfst du an nichts anderes denken als an das, was ich dir sage.“

John hatte nicht die geringste Ahnung, was auf ihn zukam. Aufgeregt rechnete er damit, unter Hypnose gesetzt zu werden, in der er linear durch seine Erinnerungen getrieben wird.

„Schließ nun deine Augen, atme sechsmal tief durch, denk nur an die Zahl deiner Atmungen, und beim letzten Mal muss alles schwarz sein. Kein Gedanke darf dich stören.“ Er befolgte seine Anweisungen, so gut er nur konnte. Eins, zwei, es wird stiller, drei, vier, fünf, wie bei einer Meditation ging er in sein Inneres, sechs und Stille. Das Bild ist schwarz. Seit seinem Erwachen nach dem Upgrade konnte er sich viel besser konzentrieren und seine Gedanken ordnen, was ihm diese Aufgabe sehr erleichterte. „Denk nun an deinen ersten Schultag. Denk an deine Gefühle." Wie ein Katapult schleuderte es ihn an seinen ersten Schultag. Angst durchfuhr ihn, bis er Dave kennenlernte und somit seinen besten Freund. „Jetzt denk an den Moment, in dem du das erste Mal Schach gespielt hast und an den Moment, in dem du das erste Mal gewonnen hast." Weg von dem Schultag saß er plötzlich an einem Tisch, gegenüber seinem Großvater. Er war dreizehn Jahre und gewann. „Atme jetzt dreimal durch und beim letzten Atemzug wirst du an das Gefühl deiner ersten Liebe denken und wie du sie geküsst hast und davon überwältigt wurdest." Ihr Name war Lisa. Sie zog in seine Straße und er führte sie an ihrem ersten Schultag an seiner Highschool durch die Räume. Sie schlichen sich in einen alten Physiksaal und alberten ein wenig rum. Sie bewarfen sich mit trockenen Schwämmen, bis John auf den Boden fiel und Lisa auf ihn. Auf dem Boden liegend und völlig zugestaubt mit Kreide verstummten beide, ihre Blicke verloren sich ineinander und John näherte sich behutsam und küsste sie. Ein überwältigendes Gefühl durchfuhr ihn. „Jetzt denk an den Geruch von Urin." Wie ein Schlag riss es ihn in ein altes Bahnhofsklo, in dem ein betrunkener Obdachloser sich in die Hose machte und John daneben am Pissoir stand und sein eigenes Geschäft erledigte. Stundenlang redete der Mathematiker auf John ein, während Dave und Kassy vor sich hin dösten. „Psst, wach auf." Kassy stupste Dave leicht an und zeigte mit dem Finger auf die Wanduhr, die ihnen verriet, dass bereits zwei Stunden und fünfundvierzig Minuten vergangen waren. Der Mathematiker spielte immer noch sein Programm ab.

„Atme zweimal durch und denk an den Geruch von Salzwasser." Er war siebzehn Jahre und reiste mit seinem Vater nach Ägypten. Er hatte nur das eine Bild im Kopf, wie die Sonne das türkisfarbene Wasser traf und ein Bild entstand, das selbst einen Teenager beeindrucken konnte.

„Jetzt denk an deinen Vater und an deine Impfung lange vor eurem Urlaub." Er durchlebte noch einmal den unangenehmen Teil, als er mit zehn Jahren ängstlich auf einer Liege saß und auf einen Arzt warten sollte. Sein Vater stand direkt neben ihm. Der Arzt betritt den Raum. „Hi, mein Name ist Dr. Schneider und das sind meine Arzthelfer. Mach dir also keine Sorgen, es wird nicht weh tun." John riss die Augen auf und schrie wie verrückt los. „Das war keine Impfung! Das war dieser Dr. Schneider!"

„Mach weiter! Denk an die Gesichter. Stell dir vor, wie sie dich ansehen." Karl fragte ganz gezielt.

„Das waren keine Arzthelfer! Jason! Da steht dieser Jason! Ich erinnere mich."

John war wieder voll da und verarbeitete alle Tatsachen.

„Gut und wir liegen exakt in der Zeit.“

„Der Port, er ist genau hier!“

„Genau, und nicht Dave sollte den Job bekommen, sondern Kassy. Du hättest alleine auf Jason treffen sollen. Mit Kassy bestand eine vierunddreißigprozentige Chance, dass sie es dir ausredet.“

„Oh mein Gott, ich versteh es, es ergibt alles einen Sinn.“

„Du erinnerst dich bei Weitem nicht an alles. Mit der Zeit wirst du es aber und deine Fähigkeiten werden nach und nach zum Vorschein kommen.“ Wie von der Tarantel gestochen sprang John auf und rannte ans Fenster. „Die Heuschrecken sollen mich töten. Sie können mich orten, stimmt’s?“

„Ja, sie kennen deine Gehirnwellenstruktur. Du musst in den kommenden dreißig Minuten springen.“

„Dave, schnell! Hol unsere Klamotten und die Fernsteuerung, wir haben keine Zeit mehr.“

Ohne ein Wort und zu wissen, wie ernst die Lage war, rannte er nach unten, um die Kleidung zu holen.

„Hör zu, John, wir haben nicht mehr viel Zeit. Du musst aber wissen, dass du und das Mädchen eine Zukunft habt. Alle Rechnungen ergaben dasselbe Ergebnis. Dave war aber in keiner der Rechnungen und Jason sah ihn auch nie. In keiner seiner Visionen.“

„Was soll der Scheiß! Ich geh nirgendwohin ohne meinen Bruder, denn genau das war er schon immer für mich.“

„Das wird der Auslöser sein. Du wirst es noch verstehen.“

Karl wurde nervös. Er lief hin und her und wurde dabei immer unruhiger, nahezu panisch. Seltsam für jemand, der die Zukunft kennt. „Nein! Nein! Das kann nicht sein.“ Die Tür knallte auf und Dave sprang rein. „Hier, zieht eure Sachen an!“ Ohne zu gucken, ob das T-Shirt richtig rum sitzt, zogen sie sich an. Dave wartete nur noch auf Johns Bereitschaft, um zu springen. „Sag mir, wenn ich drücken soll.“

Karl bekam Todesangst und wurde kreidebleich. „Nein! Nein! Das ist unmöglich!“

„Was hast du?“, fragte Dave.

„Ich hab mich verrechnet!“

Die Fensterscheibe zerschmetterte durch eine Kraft, die sie aus ihrer Welt nicht einmal von einem Gewehr erwarteten. Es war so laut, als wäre eine Granate explodiert. Kassy schrie so verstörend laut, wie ein Mensch nur sein kann, als sie Karl sah und die Hälfte von seinem Gesicht, das sich über die gesamte Wand verteilte. Dunkle und hellrote Stückchen flossen hinter ihm runter und der leblose Körper sackte zu Boden.

„Fuck! Ach du Scheiße! Scheiße, scheiße, scheiße!! Dave, drück den verdammten Knopf! Mach schon!!“, schrie John, als ihm Blutspritzer entgegenflogen, doch Dave war wie erstarrt. Kassy sprang über das Bett und riss Dave die Fernbedienung aus den Händen und drückte den Knopf.

Kriegsgebiet

„Fuck, ist mir schlecht! Warum muss das immer so heftig sein!?“, fluchte Dave vor sich hin, als er die Augen öffnete. „Heul nich' so rum, mir geht's nich' gerade anders“, entgegnete ihm Kassy, die nur schwerfällig damit fertig wurde. „Weiß gar nich', was ihr habt, mir geht's eigentlich ganz gut.“ John stand auf, als wäre nichts gewesen.

„Oh Mann, ich hab unzählige Mafiafilme gesehen, aber dass ein Kopf so heftig durch eine Kugel zerfetzt wird, hätte ich nich' gedacht. Ich dachte, das wäre einfach nur Hollywood. Mir wird übel, wenn ich nur daran denke.“

„Dave, das war keine Kugel. Das war … hmm … stell es dir als eine Art Mikrowellenstrahl vor, der bei Gewebekontakt so schnell erhitzt, dass es … naja, du hast ja gesehen, was passiert. Diese Technologie ist Lichtjahre von unserer entfernt.“ John erklärte ihm das mit einer Lässigkeit, als hätte er sowas schon hundertmal miterlebt. Trotz Übelkeit konnte Kassy nicht ganz verstehen, was John von sich gab. „O. k., woher weißt du sowas?“

„Ich hab keine Ahnung, ich erinner mich einfach.“

„Cool, dein Upgrade wirkt“, sagte Dave euphorisch. Währenddessen sah sich Kassy die Umgebung an und wäre am liebsten wieder zurück in die vorherige Welt gesprungen. „Kannst du uns was über diese trostlose Welt verraten?“ Sie hoffte von ganzem Herzen, dass sie so bald wie möglich in das nächste Universum springen konnte. John prägte sich jedes Detail dieser düsteren Welt genauestens ein, in der Hoffnung, sich an etwas zu erinnern.

Obwohl es erst Nachmittag war, wirkte es durch den fast schwarz bewölkten Himmel, als wäre es bald Nacht. Der Wind peitschte um die verlassenen Ruinen, die vor Jahrzehnten einmal als robuste Familienhäuser dienten. Die wenigen Häuser, die man noch erkannte, waren aufgebrochen, als hätte ein Tyrannosaurus rex dagegen gekämpft, vermutlich waren sie Opfer eines Bombenangriffs. Die meisten Möbel standen noch an ihrem Platz. Von den restlichen Häusern war nicht mehr so viel übrig. Schutt, Holz und Ziegel ließen einen erahnen, wo einst Häuser standen. Der Sand hatte bereits das Meiste aufgefressen. Es gab keinen Zentimeter Stein, der noch nicht von einer Patrone getroffen wurde. Verdorrte Büsche und eine Handvoll Pflanzen verliehen diesem Ort etwas Geisterhaftes. Egal, wie weit man sah, man konnte außerhalb dieser Stadt nichts außer Wüstenlandschaft erkennen. „Alles hier, ob Stein, Wasser oder Tier, ist Eigentum von C. B. B. A. Also gehört diese Welt Steven Baker", erklärte John, der langsam zu einem wandelnden Lexikon mutierte.

„Wie kann denn jemand einen Planeten besitzen?", protestierte Kassy.

„Irgendwas hat das Leben hier ausgelöscht und er entwickelt und testet hier seine Waffen."

„Krass, echt krass“, gab Dave von sich.

„O. k., warum sind wir hier und wo ist der nächste Port?“, fragte Kassy, angewidert von der Luft, dem verschmutzten Sand und den fabrikgeschwärzten Wolken.

„Diese Welt soll ein Test sein. Wir sollten weiterlaufen, ich kann noch nicht sagen, wo der nächste Port ist und was uns hier erwartet.“

„Also gut! Dann mal los“, Dave gab den Ton an und marschierte voraus. Minuten vergingen und Kassy konnte an nichts anderes denken als an die mögliche Ausrottung der Menschheit. Vielleicht waren die Heuschrecken an dem Zustand hier schuld.

„Sag mal, John, was denkst du, wird passieren?“

Er sah zu ihr rüber.

„Was meinst du?“

„Diese Organisation und was sie alles machen. Ich habe den Eindruck, dass die Menschheit ernsthaft in Gefahr ist.“

„Ich versteh nicht, wieso du dir den Kopf darüber zerbrichst. Sieh dir doch mal an, wie mächtig und groß diese Organisation ist.“

„Genau das macht mir Bauchschmerzen. Trotz ihrer Macht wirken sie eingeschüchtert.“

„Mach dir darüber keine Gedanken. Du kennst meinen Vater nicht, vermutlich hat er schon einen genauen Plan, wie der Feind zerschlagen wird.“ John kannte seinen Vater kaum, aber irgendwie musste er Kassys Ängste nehmen.

„Ich vertrau dir und deinem Vater einfach mal. Ich hab ja kaum eine andere Wahl." Kassy senkte melancholisch ihren Kopf und musste immer wieder an ihr Zuhause denken und dass es einfach nur als Testgebiet diente, der Tod von Millionen zum Erhalt einer Rasse. John legte seinen Arm um ihre Schulter und versuchte, ihr Hoffnung zu machen. „Warte es ab. In Kürze wird der Krieg ein Ende nehmen und wir fangen ein neues Leben an. Vielleicht am Strand, unter Palmen."

„Das wäre schön. Mein Großonkel erzählte mir immer von Hawaii und wie schön es dort ist."

„Hey, ihr lahmen Säcke! Legt mal 'n Zahn zu! Ich hab keinen Bock, ewig auf diesem düsteren Scheißhaufen zu wandern!", rief Dave aus zehn Metern Entfernung zurück. Er wanderte so zügig voraus, als wäre nicht weit von ihm ein Spielkasino mit kostenlosen Shrimps und freien Getränken entfernt. Etwas stoppte rapide seinen Marsch. Warum hat dieser Stein so eigenartig geklackt, fragte er sich. Sein Blick wanderte langsam nach unten und als er registrierte, dass es sich nicht um einen Stein handelte, durchfuhr ihn ein Schauer, der seine Nackenhaare aufrichtete, Adrenalin bremste die Zeit und seine Atmung stoppte. Doch im Angesicht seiner Situation war es bereits zu spät, um zu handeln, und die Mine explodierte. Die Druckwelle schleuderte ihn so hart an eine alte Hausfassade, dass er hören konnte, wie seine Knochen brachen und seine Beine wegrissen. John und Kassy standen unter Schock. Sie konnten den Ernst der Lage noch nicht vollständig realisieren, als sie zusahen, wie die Fetzen, die zusammengesetzt mal ein Bein ergaben, in alle Himmelsrichtungen geschleudert wurden. Blut, Knochen und verteilte Hautfetzen verstreuten sich in einem Zwanzig-Meter-Radius. Kassy spürte nicht einmal, dass sie von einem geschwärzten Hautfetzen getroffen wurde. Der Rauch verschlang alles und nur Daves Schreie drangen hindurch, der bewegungsunfähig am Boden lag und seine Beine suchte, der Sand verwandelte sich in eine Masse aus rotem Schlamm.

„Hey, ihr lahmen Säcke! Legt mal 'n Zahn zu! Ich hab keinen Bock, ewig auf diesem düsteren Scheißhaufen zu wandern!", rief Dave aus der Ferne.
„Hä?! Was zum … Verfickte Scheiße! Das kann doch nicht … Dave, bleib sofort stehen, beweg dich nicht und komm bitte zurück! Du darfst auf keinen Fall weiterlaufen!" John schrie so verstörend laut, dass man ihn für geisteskrank halten konnte. „Was hast du denn?" Dave folgte seinen Befehlen und lief zurück, während John sich in den kalten Sand setzte und überlegte, was gerade passiert war. Kassy beugte sich zu ihm nieder. „Was hast du? Ist alles okay?" Sein Gesicht ähnelte immer mehr dem einer Leiche. Er war nicht in der Lage, etwas von sich zu geben. „Okay, kannst du mir verraten, was dieser Anfall eben sollte?", drangsalierte ihn Dave. Ohne einen Ton von sich zu geben, stand er wieder auf, nahm ein paar Steine und

warf sie nach vorne. „Was hast du vor?", fragte Kassy neugierig. Ignorierend machte er weiter, nahm erneut eine Handvoll Steine und warf sie in dieselbe Richtung. Nichts. „Das ist unmöglich ...", brabbelte er vor sich hin und nahm noch mehr Steine, um sie wieder nach vorne zu werfen. Plötzlich riss eine Druckwelle alle drei zu Boden und nichts außer Rauch, Staub und in die Luft geschleuderter Sand war zu sehen. Ohne etwas zu erkennen und mit zusammengekniffenen Augen kroch Dave zu John. „Ach du Scheiße, woher wusstest du das?" Der dichte Rauch machte die Unterhaltung nahezu unmöglich. „Ich hab gesehen, wie deine Einzelteile rumgeschleudert wurden und du qualvoll in deinen Eingeweiden verreckt bist. Ich war mir nur nicht sicher, ob das eine Halluzination war oder mehr."

„Alter, du hast mir das Leben gerettet!" Der Sand rieselte wie ein kleiner Schauer auf den Boden und eine zehn Meter hohe Rauchwolke machte sich auf die Reise. Der entstandene Krater war ungewöhnlich tief, wahrscheinlich wurde sie für Fahrzeuge entwickelt. „Ich glaube, es wäre besser, wenn wir vorerst mal untertauchen." Die Explosion weckte die schlimmsten Erinnerungen bei Kassy, wie ihre engsten Freunde sich infizierten und durch solche Minen ums Leben kamen. „Warum? Hier ist doch eh weit und breit kein Schwein", antwortete Dave gelassen. „Nein, sie hat recht. Die haben mit Sicherheit Messinstrumente, die in diesem Moment Alarm schlagen", stimmte John zu.

„Aber warum sollte man eine Mine auf dem eigenen Gelände platzieren?"

„Ist doch ganz einfach, das war die Alarmanlage, und jetzt steht nicht so dumm rum, wir müssen Deckung suchen!" Die mangelhafte Erfahrung in Kriegsgebieten brachte Kassy um den Verstand.
Sie folgten ihrem Rat und rannten los, ohne zu wissen wohin und welche Gefahren noch lauern könnten. Das gesamte Dorf erinnerte Dave an all die Videospiele, die er bisher meisterte, nur darin einmal gefangen zu sein, hätte er nie für möglich gehalten. Die Gebäude hatten alle denselben Baustil. In einem vollständigen Zustand hätten sie sicherlich nur wenig Eindruck hinterlassen. Zwei Stockwerke hoch, drei Fenster breit, damit vielleicht eine drei- bis vierköpfige Familie Platz fand. Der dunkle Grauton wirkte sehr ausdruckslos, um nicht zu sagen, arm. Vermutlich legten die Menschen hier keinen Wert auf Äußeres. Der einzige Weg, die Häuser zu unterscheiden, waren die verschiedenen Einschläge, die die Bomben hinterließen. Eins der Häuser fand nur noch Halt auf zwei Mauern und einem Holzbalken, es fehlte nicht viel und auch dieses Haus wäre dem Erdboden gleich. Dieser Ort verlieh einem das Gefühl, in einem Western zu sein und gleichzeitig im Zweiten Weltkrieg. Mit viel Vorstellungskraft konnte man diese Stadt zum Leben erwecken. Vielleicht gingen die Menschen nicht weit von hier zum Bäcker, um sich ein Frühstück zu kaufen, und die Kinder spielten auf dem Spielplatz oder kickten einen Ball durch die Straßen.

„Ich brauch 'ne Pause, Leute!" Dave keuchte so schlimm, dass man meinen konnte, er müsse sich jeden Moment übergeben. „Verstecken wir uns am besten in dem Haus da vorne. Das wirkt noch recht stabil." John zeigte auf ein fast unversehrtes Haus. Das Dach wirkte, abgesehen von einigen zerbrochenen Fensterscheiben, ziemlich dicht und die Haustür stand offen. Man konnte sich bei diesem Anblick leicht vorstellen, wie die Menschen aus ihren Häusern flohen, ohne einen Gedanken an eine Rückreise zu verschwenden, in Eile, um Leben und Tod.

„Endlich ein sicheres Versteck!" Daves Optimismus überraschte die beiden. Kaum im Haus, suchte er sich den nächstbesten Liegeplatz, er fand ihn auf einer alten, völlig vermoderten und verdreckten Couch. „Das ist echt eklig, Mann", kommentierte John, als er die Staubwolke um Dave sah, die er hinterließ, als er sich mit Schwung darauf warf. „Alter, ich wäre eben fast gestorben, da ist mir so 'n bisschen Staub auch egal."
Kassy verschloss die Tür, zog die alten, grauen Vorhänge – die vermutlich einmal weiß waren – zu und versuchte, etwas durch die getrübten Fenster zu erkennen. „Jungs, so sicher ist das Versteck auch wieder nicht", gab Kassy besorgt von sich, während sie am Fenster stand. „Und vermutlich haben wir eine Spur bis hierher hinterlassen."
„Ach, mit Sicherheit sind unsere Abdrücke schon verschwunden, so, wie es stürmt", entgegnete Dave völlig gelassen mit geschlossenen Augen. „Er hat recht,

Kassy." „Wie kannst du sowas sagen? Die machen sicherlich auf jeden Jagd, der ihr Territorium betritt."

„Und wenn schon. John sieht die Zukunft. Die schnappen uns nie."
„Erstaunlich, wie schnell du dich an etwas gewöhnst", stellte John kritisch fest.
„Versuch doch nochmal die Zukunft zu sehen, dann wissen wir, wo wir sicher sind, und können schon mal hindackeln. Ist wie 'n Hack, mit dem du dich durchs Level mogelst und gemütlich ins Ziel marschierst", gab der Kerl auf der verdreckten Couch von sich. John musste zugeben, dass an diesem Vorschlag was dran war, und setzte sich auf einen Stuhl, in der Hoffnung, dass dieser nicht zusammenbrach. „Es ist nicht so einfach, wie du es dir vielleicht vorstellst. Ich kann es kaum erklären. Zuerst ist alles passiert, die Mine ging hoch und du wurdest zerfetzt, und ich spürte alles, jedes Detail, und erlebte jede Sekunde. Es fuhr mir durch den Magen und wie ein Reflex schleuderten meine Gedanken nicht mehr nach vorne, sondern sind zurückkatapultiert worden, und der Moment spielte sich erneut ab. Es passierte zu schnell. Wer weiß, ob ich sowas wieder zustande bekomme." Von einem neuen Einfall gebissen sprang Dave in die Höhe, so schnell, dass sich eine Staubwolke um seine Couch bildete, die durch das gesamte Wohnzimmer zog. „Wir haben doch noch die anderen Upgrades, oder?" John griff in seine Hosentasche und legte ein dünnes, schwarzes Etui auf den verstaubten Esstisch. „Hier sind

sie. Bist du dir sicher, dass du dir sowas spritzen willst?"

„Nachdem eine Mine mich fast zerstückelt hat, muss ich das ausprobieren." Dave war wie ausgewechselt. Es musste ihn doch mehr getroffen haben, als er sich anmerken ließ. „Ich werde es dir aber nicht injizieren!"
„Na gut. Kassy! Würdest du mir einen Gefallen tun?"
Sie wusste sofort, was er wollte, und setzte sich genervt zu ihm, nahm ein auf dem Tisch liegendes Handtuch und riss einen Streifen heraus, um seinen Arm damit zu verbinden. „Ich muss dich allerdings warnen, ich hab sowas erst drei Mal gemacht."
„Prima, dann fang mal an."
Sie nahm eine der Injektionen und drehte die Schutzhülle von der Nadelspitze, klopfte dreimal sorgsam an das Glas, um die Luftbläschen loszuwerden.
„Bist du bereit?", fragte sie, während sie den Fetzen etwas enger zog.
„Denk schon. Es hieß ja, dass man in der Regel wenig bis keine Nebenwirkungen bekommt. John hatte ja irgendeine Extrabehandlung. Also leg schon los." Sie klopfte noch einige Male auf die Ader, um sie sichtbarer zu machen, und setzte an. Die Nadel drang sehr langsam und unbeholfen in die Ader ein. „Ich komm mir gerade ein bisschen vor wie ein Heroinjunkie, der jetzt seinen Schuss bekommt. Jawohl, gib Papa den guten Shit! Mann, bin ich aufgeregt." Dave ließ sich keinerlei Angst anmerken.

Kassy drückte langsam ab und löste den Knoten. „Wie fühlst du dich jetzt?", wollte Kassy aus Angst, einen Fehler gemacht zu haben, wissen.

„Ein wenig schummrig. Kann's nicht beschreiben. Ich chill mal auf meiner Couch." John beobachtete gerade, wie eine Wollmaus sich ihren Weg über die Couch bahnte und herunterkullerte. „Sie gehört ganz und gar dir."

Deprimiert nahm Kassy Platz, ihr Blick war auf ein Foto gerichtet, welches sie im Wohnzimmer fand.

„Was ist los?", wollte John wissen, der sich selbst um ihre Sicherheit sorgte.

„Sieh dir an, wie glücklich diese Familie war, und irgendwann wurden sie von einer höheren Macht abgeschlachtet."

„Geh doch nicht immer vom Schlimmsten aus. Vielleicht wurden sie noch rechtzeitig evakuiert."

John sah sich das Foto genauer an. Ein Vater, der seine Frau im Arm hielt, sie saßen auf der Couch, die jetzt eine verdreckte Zumutung war, und vor ihnen lächelten zwei bildhübsche Mädchen, die nicht älter als zehn waren. Der Vater trug eine hellbraune Wildlederjacke mit feinen Nähten, die nach außen zeigten. Sein Gesicht war eher rundlich, mit einem schwarzgrauem Dreitagebart. Die unauffällige Nase hob seine stahlblauen Augen sehr stark hervor. Sein Haar hatte denselben Farbton wie sein Bart, kurz und ungleichmäßig verteilt. Seine Frau wirkte sehr viel jünger, um die zehn Jahre. Ihr schwarzes Haar reflektierte das Blitzlicht der Kamera, es wirkte schon fast unecht. Ihre schmalen Wangen betonten sehr zart ihre etwas längliche Nase. Die braunen Augen wurden selbstverständlich mit einem Hauch Lidschatten und Wimperntusche hervorgehoben und durch das kaum sichtbare Rouge wirkte sie noch lebendiger. Sie trug ein sehr eng anliegendes, dunkelblaues Top mit einer rotglänzenden Rose an der Schulter.

John stellte sich für einen Moment vor, wie es hier wohl vor dem Ereignis aussah. Der völlig verstaubte alte Tisch mit Spinnenweben an der Unterseite hatte vermutlich mal ein klassisch kräftiges Dunkelbraun, und rundherum lagen vermutlich Platzmatten, auf denen die Mutter das Abendessen platzierte und die gesamte Familie zu Tisch rief. Nach dem Essen versammelten sich vermutlich alle um den kleinen Wohnzimmertisch, um ihr Programm im Fernsehen zu schauen. In Johns Vorstellung stand der Vater im Garten – welcher höchstwahrscheinlich noch grün und mit Blumen versehen war – und grillte das Fleisch für das Abendessen, während die Mädchen fröhlich Verstecken spielten. John verschwieg, dass sich hinter dem Esstisch ein vierzig Zentimeter großer Blutfleck befand, die Stelle lag ein wenig im Schatten, weshalb man schon ein wenig genauer hinsehen musste. „Wir müssen herausfinden, was hier passiert ist!" John konnte den Gedanken nicht ertragen, dass irgendwelche fremden Wesen dieser Welt erbarmungslos das Leben aushauchten.

„Und wie stellst du dir das vor?" Kassys Stimmung hob sich deutlich.

„Das dauernde Gefühl von Déjà-vu verrät mir, dass es nicht mehr lange dauert und ich noch mehr weiß."

John konnte ihr nicht sagen, dass irgendetwas Grauenhaftes passieren würde, denn Kassy hatte bereits jetzt schon genug Angst und vielleicht irrte er sich ja auch.

Währenddessen lebte Dave bereits in einer fröhlicheren Welt und rätselte vor sich hin, welche Fähigkeit er wohl bekäme. Er stellte sich vor, was er wohl alles anstellen könnte mit Unsichtbarkeit oder wie er die attraktivsten Frauen mittels Gedankenlesen erobern könnte. „Ach Scheiße, wie lang dauert das wohl noch?", beschwerte er sich. „Oh Mann, kannst du auch noch an was anderes denken?" John war genervt über die Sorglosigkeit von Dave, er müsste ja schließlich wissen, dass diese Welt hier die gefährlichste von allen sein könnte. Kassys Adrenalin beschleunigte ihren Puls um das Doppelte, als sich ein brummender Motor bemerkbar machte. „Oh mein Gott! John, hörst du das?"

„Scheiße, ja!" Sie stürmte die alten Holzstufen hoch, die bei jedem Schritt so laut knarrten, als würden sie gleich durchbrechen. John dachte nur, wenn die Stufen bei diesem zierlichen Mädchen schon solche Laute von sich gaben, würde er einen Abgang in den Keller machen. Trotz der mangelhaften Stabilität der Treppe zögerte John keine Sekunde und folgte ihr. „Dave, verbarrikadier die Haustür und schrei, wenn jemand versucht reinzukommen!"

„Nö, ich trink mit denen 'n Bierchen."

„Ich glaub langsam, deine Fähigkeit ist, schlechte Scherze zu machen", schnauzte John beim Hochrennen vor sich hin. Völlig gelassen schob Dave eine Kommode vor die Tür und davor noch einen Schuhschrank.

„Von hier oben haben wir einen besseren Überblick. Vielleicht erfahren wir ja, ob sie zu uns wollen oder weiterfahren."

Vorsichtig spähte sie durch ein riesiges Loch in der Wand, bei dem man nicht sagen konnte, ob es durch eine Abrissbirne entstand oder eine Granate. „Gute Idee. Ich muss dir aber sagen, dass ich ein extrem mulmiges Gefühl habe, als würde etwas Schlimmes passieren."

Nervös marschierte John hin und her, ohne einen Plan, wie er sich nützlich machen könnte.

„Hundert Meter von hier hat ein Jeep geparkt und es stehen mehrere Soldaten um die Motorhaube mit einem Stadtplan. Ich vermute, sie teilen sich gleich auf."

„Scheiße, ich hätte den Stein nicht werfen dürfen. Ich musste aber wissen, ob es eine Vision oder Halluzination war. Ich hatte Angst, verrückt zu werden und vollkommen machtlos dagegen zu sein."

Kassy musste einen Schritt zurücktreten, um nicht entdeckt zu werden. „Jetzt sitzen wir richtig in der Scheiße! Du hast vorhin gemeint, alles sei ein Test.

Was wenn das keiner ist? Wenn unsere Aufgabe war, diese Welt unbemerkt zu passieren?"

„Es kann aber auch sein, dass die uns nichts tun. Ich bin überfragt."

Sie linste wieder aus dem Loch, in der Hoffnung, dass die Männer wieder abgezogen seien.

„Nein, nein, nein, das darf doch nicht wahr sein!"

„Was?"

„Inzwischen sind es sechs Fahrzeuge und sie fangen an, sich zu verteilen. Wie sind die nur so schnell hergekommen!?"

John marschierte im Kreis, seine Hände verzweifelt in den Haaren. „Die machen Jagd auf uns!"

„Wenn das ein Test ist, musst du doch irgendeine nützliche Fähigkeit haben, die uns den Arsch rettet. Konzentrier dich! Meditiere und geh in dein Inneres oder sowas, ich weiß ja auch nicht, aber jetzt wäre der beste Zeitpunkt!"

„Ich versuch's."

Den Schneidersitz eingenommen saß er nun da, völlig ahnungslos über seine möglichen Fähigkeiten. Die Augen geschlossen, trat er in sein Innerstes. Weit entfernt von der Gefahr beruhigte sich seine Atmung und er stellte sich vor auf einer Wiese zu sitzen, der Wind hauchte ihm sanft durch die Haare und der Frühlingsduft verlieh ihm ein Gefühl von Glück. Dort stellte er sich vor, wie seine Muskeln ungewöhnlich stark wurden, unbesiegbar und schnell wie eine Pistolenkugel. Als er die Augen aufriss und voller

Erwartung auf seine Hände starrte, konzentrierte er sich nochmal, nichts. Keine Veränderung. Dann versuchte er es erneut und stellte sich vor, wie sein Körper eins mit der Umgebung wurde und leichter als Luft wurde. Er musste an einen Bericht denken, den er für die Schule schreiben sollte, in dem es sich um Levitation handelte. Bei dieser Recherche war er auf Videos mit afrikanischen Stammesriten gestoßen, in denen der Schamane für kurze Zeit schwebte. Er konnte nur nie herausfinden, ob es sich hierbei um einen Trick oder eine übersinnliche Fähigkeit handelte. Es vergingen mehrere Minuten, doch er blieb sitzen. „Ey! Was macht ihr hier?!"
John ist vor Schreck fast umgefallen.
„Musst du uns so erschrecken?"
„Ich hab unten alles verbarrikadiert und ich dachte, du siehst das kommen."
„Zum letzten Mal! Ich kann nicht in die Zukunft sehen und bekomme auch keine Vorahnungen!"
„Is' ja gut … Habt ihr auch schon die grünen Männchen entdeckt?"
„Ja, sechs Jeeps gefüllt mit schwer bewaffneten Gorillas." Kassy konnte Daves fehlende Besorgnis nicht verstehen. Wie kann man in so einer Situation noch Ruhe bewahren, fragte sie sich.
„Warum bist du eigentlich so fit? Ich hab stundenlang Fieber mit Hallos gehabt und mich pausenlos übergeben!"
Dave zuckte nur mit den Schultern.

„Keine Ahnung, naja, ein bisschen Kopfweh hab ich schon.“
„Wenigstens kannst du im Notfall rennen.“
John war ein wenig frustriert, insgeheim hoffte er, in diesem Moment eine übermenschliche Kraft zu besitzen. „Was, wenn sich alle geirrt haben und die Genetik doch nicht so leicht zu knacken ist“, dachte er sich, während er auf einer alten grünen Fleecedecke saß.
„Was ich dich schon die ganze Zeit fragen wollte, was bedeutet eigentlich C. B. B. A.?“
Kurz überlegt fiel es ihm ein, als hätte er es früher in der Schule gelernt. „Central bureau of black Army. In unserer Welt hat es eine andere Bedeutung. Vermutlich wegen den Medien.“
„Mann, klingt wie Hitlers Fußvolk“, sagte Dave.
Kassy wurde immer ungeduldiger, niemand weit und breit zu sehen, sie zeigte sich mehr und mehr bei dem Versuch, einen Blick zu erhaschen. Nichts zu sehen.
„Keiner mehr da, aber die Autos stehen alle noch.“

Sie streckte ihren Kopf noch ein wenig mehr heraus, im Glauben, nicht sichtbar zu sein. Nichts. Totenstille. Weit und breit nur Sand, zerstörte Häuser und sogar die Kirche musste unter dem Krieg leiden, Einschusslöcher machten die Fassade so porös, als gäbe es in dieser Welt steinfressende Insekten, die in einem Schwarm alles verschlangen, was ihnen über den Weg lief. Sie war schon voller Hoffnung, dass die Männer möglicherweise in die andere Richtung marschierten,

als ein Donnerschlag durch die Wüste schallte, irgendwas drückte ihr in den Bauch, wie ein Stahlbolzen, den ihr jemand drauflegte. Verunsichert griff sie sich an die stechende Stelle und fragte sich, was so lautstark und ohrenbetäubend durch den Ort schallte, und spürte etwas Feuchtes auf ihrer Handfläche, sie sah sich ihre Hand an und war wie gelähmt. Der Schock versetzte sie in eine andere Realität. Ihre Beine wurden immer schwächer, als sie sich zu den anderen umdrehte. Sie versuchte zu laufen, doch ihre Beine entschieden sich zu streiken. Der geschwächte Körper fiel zu Boden. „Kassy! Oh mein Gott! Nein, bitte nicht!“, schrie John, während er zu ihr sprang und sie festhielt. „John, mir wird kalt.“
Sie zitterte am ganzen Leib. „Ich bin bei dir, hörst du?“
„Ich will nicht sterben. Bitte, verhinder es.“
Schwerfällig verließen sie die Worte. „Bitte, bleib bei mir, verlass mich nicht!“
John flehte das blutende Mädchen an und Tränen bildeten sich. Der Anblick löste bei ihm die Vorstellung von Lilys Tod aus, wie sie vermutlich umgebracht wurde, nur weil sie ein Mensch war. „Dave, geh nach unten und ruf mich, wenn sie versuchen reinzukommen!“
„Geht klar.“

Er hielt ihre blutige Hand, so fest er nur konnte.
„Ich will nicht sterben, hilf mir.“

„Warum kann ich das, was vorhin passiert ist, jetzt nicht? Du bedeutest mir so viel, wie du es dir nicht vorstellen kannst, halte durch!"

Ihre Augen fielen zu. Sie wurde ohnmächtig und ihre Atmung immer flacher. John deckte sie ein wenig zu und schrie so laut in die Luft, dass es die Feinde hören mussten. Seine Tränen landeten auf ihrer Wange. All seine Gefühle verwandelten sich in Zorn.

„Scheiße! Ich brauch hier deine Hilfe! John, sie kommen!", brüllte es aus dem Erdgeschoss. Dave drückte mit seinem gesamten Gewicht gegen die Möbel, die er vor der Tür positionierte. Mehrere Männer rammten immer und immer wieder gegen die Tür, sodass es kaum noch möglich war dagegenzuhalten. Dave bekam nicht einmal mit, dass John bereits hinter ihm stand, seine Hände zu einer Faust geformt, der Blick auf die Tür gerichtet, entschlossen zu kämpfen. „Hilf mir doch, Mann!" Die Wucht der Männer stieß Dave fast um. „Lass sie rein."

„Spinnst du, das sind mindestens acht Männer."

„Ich sagte, lass sie rein!", brüllte er in einem beängstigenden Ton. Dave folgte seinem Befehl und betete, dass er einen Plan hatte. Er sprang zurück, an Johns Seite. Von Angesicht zu Angesicht standen sie nun da, drei fast zwei Meter große Soldaten standen nun im Wohnzimmer und draußen warteten noch mehr. John sah ihnen in die Augen und die einzige Mimik, die er zeigte, war ein überlegenes Grinsen. Die Soldaten wirkten, als hätten sie schon unzählige Kriege überlebt. Der Linke hatte graue, nach hinten gegelte

Haare und eine kleine Narbe über dem rechten Auge. Der Mittlere hatte kurz rasierte Haare, fast kahlköpfig und durch das linke Auge verlief eine tiefe Narbe, die ihm vermutlich das Augenlicht nahm. Der dritte und letzte wog vermutlich mehr als hundertdreißig Kilo und war, wie die anderen beiden, ein extrem breiter Kerl. „Was hast du?", fragte Dave, als er John beobachtete, wie er unbeeindruckt vor sich hin grinste und schnell und kräftig atmete.

„Mordlust", knurrte er, angetrieben von purem Hass. Diese Antwort musste Dave erst einmal verdauen.

„Wir haben den Befehl, jeden Eindringling zu eliminieren, also sieht es schlecht für euch aus", sagte der Linke, während er seine Pistole wegpackte und ein vierzig Zentimeter großes Messer herauszog. John sah ihm in die Augen und hob seine blutverschmierte Hand, der Soldat griff an. Eine Handbewegung und der Soldat erstarrte, sein Augenweiß färbte sich rot und Blut quoll ihm aus den Augen, ein letzter Hauch Leben verließ ihn und er sackte zu Boden.

„Du scheiß Freak!", schrie der schwerere Soldat und griff zusammen mit dem anderen nach seiner Waffe und schoss das Magazin auf John, doch keine Kugel traf ihr Ziel. Johns Hand hing nach unten und er formte sie zu einer Faust, in der gleichen Sekunde zerquetschte er den Kopf des Muskelberges, den Übriggebliebenen schleuderte er so fest gegen die Wand, dass man hören konnte, wie sämtliche Knochen brachen. Dave hatte das erste Mal in seinem Leben

Angst vor John, als er fassungslos zusah, wie er nach draußen marschierte. Der Wind schleuderte den Sand durch die Straßen und John stand am Straßenrand, umgeben von Soldaten, jeder schwer bewaffnet, beherrscht von seiner Mordlust. „Kommt her!", forderte er sie auf. Sie zögerten keinen Moment, furchtlos und durchtrainiert griffen sie an. John schrie in die Luft und legte los. Mit dem Finger zeigte er auf den ersten Angreifer und der sackte mit einem Loch im Kopf zu Boden, dem Nächsten zerquetschte er den Kopf. Er sah nichts außer den Mördern eines unschuldigen Mädchens. Abgerissene Köpfe, deren Körper noch einige Meter rannten, zerfetzte Körper und herumgeschleuderte Menschen umkreisten John, der offenbar nicht schwächer wurde. Einem anderen Mann riss er kraft seiner Gedanken die Augen heraus und drehte ihm den Kopf herum, einem anderen drückte er den Brustkorb zusammen. Vier Männer, die auf ihn zu rannten, wurden komplett pulverisiert. Intuitiv lernte John seine Fähigkeit kennen und schloss eine Sekunde die Augen, seine Hand glühte und pulsierte immer heller, er richtete sie auf die Masse und schoss einen Energiestoß ab. Ein fünfzig Zentimeter breiter Strahl durchbohrte alles, was ihm im Weg stand. Die Männer im Umkreis verbrannten und die restlichen schleuderte er einfach zwanzig Meter durch die Luft. Als er fertig war, sah er, wie eine Kolonne Militärjeeps und kleine mobile Geschütze auf dem Weg zu ihnen waren. Mit hervorgehobener Brust und selbstbewusstem Blick ging er zurück ins Haus, vorbei an Dave und auf direktem Weg zu Kassy. Dave dackelte ihm völlig eingeschüchtert hinterher, vollkommen perplex über die Geschehnisse. John kniete vor Kassy.

„Gut, es ist noch nicht zu spät. Sie atmet noch." Er hielt ihre Hand über ihren Bauch und konzentrierte sich. „Alles, Fleisch, Holz, Steine, die Kugel in ihrem Bauch, besteht im Grunde aus demselben Material: Energie. Jede Zelle in ihrem Körper besteht aus Energie und meine Fähigkeit ist es, diese zu manipulieren." Das Geschoss kullerte auf den Boden und der Einschusskrater wurde kleiner, die Blutung stoppte und die Wunde schloss sich. „So, du wirst wieder gesund." Er hob Kassy hoch, als würde sie nicht mal zwanzig Kilo wiegen. „Auf zu dem nächsten Port." „Aber das Gerät ist noch nicht bereit", gab Dave leise von sich. „Komm!" Vor der Tür versammelten sich schon mehr als hundert Soldaten. „Licht ist eine Form von Energie und ich lasse es durch uns durchdringen. Halte dich an meiner Schulter fest, wir werden jetzt unsichtbar." Vorsichtig setzten sie einen Fuß vor den anderen und standen nun in der Mitte dieser unbesiegbaren Armee. Dave bekam Todesangst bei dem Gedanken, gesehen und sofort erschossen zu werden. Leise schlichen sie an den extrem schwer bewaffneten Männern vorbei, sie standen so dicht beieinander, dass es schwer war, ohne Berührung vorbeizukommen. Dave tat sich dabei mehr als nur schwer, er wich links aus, rechts aus. Warum können die nicht stillstehen, dachte er sich. Einige Soldaten knieten und hatten die Tür im Visier, andere die Fenster und wieder andere schlichen herum und taktierten. Eine Berührung und sie sind aufgeflogen. Fast jeder Soldat hatte eine oder mehrere Narben, es wirkte fast, als standen sie darauf. Keiner war unter eins achtzig. Die hintere Reihe war sogar mit Panzerfäusten ausgestattet, eine andere mit Railguns, wieder andere hatten Waffen, die man nur als Teslaspule bezeichnen könnte. Dave musste so darauf achten, niemanden anzurempeln, dass er die Leichenteile auf dem Boden vergaß und über einen Arm stolperte. Da stand er nun. Ein Winzling ohne Waffe vor einer Horde Killermaschinen. Ein Moment verging und keiner wusste so recht, was los war. „Hilfe“, flüsterte er. John packte ihn mit seiner linken Hand, schloss seine Augen, um sich zu konzentrieren, und sie verschwanden. „Wo sind wir auf einmal? Was hast du getan?“, fragte Dave, als er sich umsah und nichts als Sand vorfand. „Ich hab uns an den richtigen Port teleportiert. Hier kommen wir zu meinem Vater.“

„Sowas kannst du auch? Hättest du ruhig früher machen können.“ Daves Verstand konnte nicht mehr mithalten. Langsam kam Kassy wieder zu sich und fühlte sich ungewöhnlich gut. „Was ist passiert? Wo ist meine Wunde?“ „Ich konnte dich heilen.“ „Ich … Ich weiß gar nicht was ich sagen soll. Danke. Ist das also deine Fähigkeit?“ „Naja, nicht ganz.“
Kassy stellte sich wieder auf und versuchte alleine klarzukommen.

„John, was du da eben getan hast. Was geschehen ist, werde ich nie vergessen." Dave hatte immer noch vor Augen, wie der blutgetränkte Sand mit Eingeweiden übersät war, wie eine Pflanze zogen sie sich durch die Straße. Abgerissene Köpfe neben Armen und Beinen. Man könnte meinen, in einem Zombiesplatter gelandet zu sein und eine Gruppe von Ninjas hätten sich durchgearbeitet. Schreiende Männer, die ihre Beine nicht mehr spürten, lagen hilflos im roten Sand. Verbrannte Körperteile pflasterten den Weg. John hob die Brust und stellte sich vor Dave. Der Blick tief in seine Augen. „Es herrscht Krieg und wir stehen auf der Gewinnerseite. Da musst du mit so einem Anblick klarkommen, also halt die Klappe. Wir verlassen jetzt das Universum."
John nahm Dave und Kassy und riss sie mit in das nächste Universum.

Cole & Kane

1983 in New Mexiko, Albuquerque.

„Hey Nick, hier ist Robert. Es funktioniert! Hörst du? Das Gerät erfasst alle sich überlappenden Umgebungen!"

„Was hast du getan?"

„Es war ganz einfach. Die Quantenelektrodynamik hatte auf der Sekundärspule zu wenig Ladung, deshalb konnten die Photonen die Schicht nie vollständig durchdringen."

„Ich bin in zehn Minuten im Labor!" Euphorisch geladen und mit intensivem Herzpochen schlug er den Hörer auf die Gabel. „Damit gehen wir in die Geschichte ein! Und der Nobelpreis ist mir auch sicher!" Endlich konnte er sich ein wenig entspannen und zurücklehnen. In seiner Vorstellung wurde sein Foto in sämtlichen Schulbüchern von Universitäten abgedruckt, mit der Aufschrift „Größter Quantenphysiker unserer Zeit. Er bestätigte, was andere sich nicht einmal vorstellen konnten." Oder die Kurzversion: „Robert Cole, Genie und Visionär". Wenn irgendjemand in der Zukunft den Begriff „Quantenphysik" hört, wird er an keinen Geringeren als Robert Cole denken, mit seinem wild gelockten, braunen Haar und der etwas zu breit geratenen Knollennase, neben der sich einige kleine Leberflecke breitgemacht hatten und seine übergroße Hornbrille, die seine Augenbrauen komplett unsichtbar machten.

„Hm, jetzt muss ich es nur noch hinbiegen, dass mir das Teil nicht immer das Labor verdunkelt. Wir brauchen hier eindeutig eine höhere Stromkapazität." Energisch grübelte er über Verbesserungsmöglichkeiten nach, wie seine Erfindung zuverlässiger wird. Nachdenklich sah er sich die Wände im Labor an, die hauptsächlich aus Tafeln bestanden – welche fast vollständig mit den komplexesten mathematischen Formeln vollgekrakelt waren, selbst der beste Mathematiker würde bei dem Anblick Kopfschmerzen bekommen.

Das klimpernde Geräusch, das der Schlüssel im Schloss verursachte, verriet Robert, dass Nicolas schneller als jemals zuvor angekommen war.
„Das nenn ich mal schnell." Robert amüsierte sich über die Tatsache, dass er es geschafft hatte, innerhalb von acht Minuten im Labor zu sein. „Denkst du, ich will unseren Durchbruch verpassen?!" Nicolas Kane war der etwas weniger ehrgeizige Physiker von den beiden, er konnte nie mit Robert mithalten – wenn er gerade verstanden hatte, wie diese Gleichung aufging, hatte Robert bereits eine bessere Version. Aber seit sie sich ein Zimmer in Harvard teilten, waren sie unzertrennliche Kumpels. Nicolas konnte man als den Attraktiveren von den beiden bezeichnen. Seine schwarzen Haare hatten penibel eine Länge von eineinhalb Zentimetern und seine Geheimratsecken ließen ihn wesentlich älter aussehen, als er eigentlich war, und durch seine permanent gerunzelte Stirn wirkte

er stets nachdenklich. Am meisten stachen seine hellblauen Augen hervor – welche einen starken Kontrast zu seinem schwarzen Haar bildeten. Die kurze, kleine Nase wirkte allerdings winzig zu seinen ruppigen Augenbrauen. „Sieh dir doch mal den kleinen Blechschrank in der Ecke hier an“, sagte Robert.
„Okay und jetzt?“
„Jetzt sieh dir dieses Foto an.“

Nicolas verglich die Ecke mit dem Blechschrank, die trüb gewordene weiße Wand, an der noch ein Klassenfoto hing, und auf dem Boden vor dem Schrank lagen noch zusammengeknüllte Blätter – worauf sich vermutlich misslungene Formeln und Skizzen befanden. „Ist das Foto echt?!“ Nicolas konnte seinen Augen kaum glauben, als er ein Foto von derselben Ecke sah, auf dem zwei Müllsäcke lagen, und bei genauerer Betrachtung konnte man erkennen, dass sie auf einem Parkettboden lagen. „Ja, es ist echt.“
„Mach noch mehr Fotos! Eine Kamera, die Fotografien von parallelen Realitäten macht, wird uns zwangläufig sehr reich machen. Stell dir mal vor, was wir machen könnten, wenn wir unbegrenzte finanzielle Möglichkeiten hätten.“
„Es geht nicht. Wie du erkennst, ist das Foto leicht verschwommen. Das liegt an der niedrigen Stromkapazität, die wir hier zu Verfügung haben.“ Robert setzte sich wieder hin, um sich eine Tasse Kaffee nachzuschenken. Währenddessen sah sich Nicolas nachdenklich die Kamera an – welche

keineswegs einer gängigen Kamera ähnelte. Sie hatte eine beachtliche Größe, fast wie ein Autoreifen, und wog vermutlich noch mehr als einer. Sie hatte neun Objektive und zwölf Blitzlichter, wovon zwei zur Beleuchtung dienten. An der Bedienerseite befanden sich vier Schalter, zwei Knöpfe und drei Regler für Feineinstellungen. An beiden Seiten stachen unzählige bunte Leitungen heraus, die nur notdürftig fixiert waren. Dieser Prototyp hatte nicht einmal ein Gehäuse, er hatte lediglich ein quadratisches Skelett aus Stahl. Wenn man sich das Innere ansah, konnte man neben dem dichten Netz aus Leitungen und übereinandergeschraubten Platinen noch vier Glaskugeln erkennen. „Und wenn wir einfach die Kapazität erhöhen?", wollte Nicolas wissen. „Ich musste bei dem letzten Versuch riskieren, dass mir die Kamera durchbrennt, und dabei sind auch einige Chipsätze verbrutzelt. Der Schaden ist klein, aber ich kann die Teile nicht vor morgen beschaffen."

„In meinen Augen gibt es also gar kein Problem. Wir haben wochenlang an den Photonenreflektoren geschraubt und haben nächtelang nicht geschlafen. Eine Zeitlang habe ich sogar an der Existenz von parallelen Realitäten gezweifelt und jetzt halte ich den Beweis in meinen Händen!" Robert griff nach seiner Tasse und trank in aller Ruhe einen Schluck. „Ich versuche gerade zu realisieren, dass in tausend Jahren unsere Namen immer noch in allen Schulbüchern stehen werden."

„Du hast, was du wolltest. Unsterblichkeit. Wann werden wir es dem Komitee vorführen?"

„Ich bin mir nicht sicher. Gabriel wollte dringend vorher mit mir reden." Nicolas wurde misstrauisch. „Versteh ich nicht. Was will er?"

„Weiß ich nicht, aber es scheint wichtig zu sein. Seine Maschine landet morgen Mittag." Die Nacht verging nur sehr langsam, nachdem sie sich verabschiedeten. Roberts Gedanken waren die ganze Zeit bei seiner Erfindung und unaufhörlich fragte er sich, was Gabriel von ihm wollte.

Es war schon Mittag und Robert schlief noch tief. Der Kaffee war schon seit Stunden kalt, den er mittels einer seiner Erfindungen auf zehn Uhr programmiert hatte. Währenddessen in Albuquerque, City Airport.

„Fahren Sie mich bitte an diese Adresse", sagte Gabriel Armstrong in einem extrem einschüchternden Ton. Vermutlich würde der junge mexikanische Taxifahrer bei jedem anderen Gast ablehnen und seine Pause fortsetzen, aber nicht bei diesem Mann. Er musterte ihn kurz und ließ sich völlig einschüchtern von seinem maßgeschneiderten Anzug, der wie eine Uniform anlag, dem todernsten Blick und seinen runterrasierten Haaren. Er ließ ihn schließlich einsteigen und fuhr los.

„Machen Sie hier Urlaub?", fragte der schnauzbärtige Taxifahrer mit spanischem Akzent.

„Nein, geschäftlich", antwortete er ernst.

Der Taxifahrer konnte nicht anders und musste dauernd in den Rückspiegel sehen und überlegte dabei, wie er

die Stimmung ein wenig lockern könnte. Dabei sah er ihm direkt in seine stahlblauen Augen und auf sein dunkles Haar. Seine Wangen waren sehr kantig und wirkten daher besonders markant. Die gerade Nase sah nahezu unecht aus. „Ah, Sie sind bestimmt im Immobiliengeschäft, nicht wahr? Von der Sorte gibt es hier einige.“
Gabriel sah ihm gereizt in die Augen.
„Seh ich aus, als wollte ich hier ein Haus verkaufen? Ich bezahle Sie fürs Fahren und nicht fürs Quatschen.“
Der Taxifahrer richtete seinen Blick auf die Straße.
„Verzeihen Sie“, gab er noch von sich und verstummte für die restliche Fahrt. Dreizehn stille Minuten später erreichten sie ihr Ziel. „Wir sind angekommen, Sir“, sagte der Taxifahrer.
„Hier, der Rest ist für Sie.“ Gabriel bezahlte den Mann und marschierte umgehend zu dem vereinbarten Treffpunkt.

„Verdammt, ich bin viel zu spät!“, fluchte Robert, der so schnell fuhr, wie der Verkehr es ihm erlaubte. Er fuhr einen 1970er Chevy Nova in einem metallischem Hellblau mit einer breiten Delle an der linken Heckseite. Die anderen Ecken und Kanten hatten auch schon ihre Gebrauchsspuren, Kratzer, hier und dort noch eine Schramme. „Hoffentlich hatte sein Flug Verspätung. Wieso hab ich nur so lange geschlafen?“
Währenddessen las Gabriel eine Zeitung und aß einen Pancake mit einem Schuss Ahornsirup, dazu trank er einen schwarzen Kaffee. Trotz seiner Beschäftigung

sah er immer wieder auf seine Uhr. „Klasse Pancakes, aber mieser Kaffee." Gabriel drehte sich um. „Hallo Robert. Wie geht es dir?" Robert setzte sich ihm gegenüber. „Entschuldige die Verspätung. Ich hab wohl vergangene Nacht zu lange gearbeitet. Mir geht es gut, danke der Nachfrage, aber du bist sicher nicht nach New Mexiko gekommen, um mich mal zu besuchen." Gabriel trank seinen Kaffee aus. „Ganz der Alte. Immer sofort auf den Punkt kommen." Robert quetschte sich zwischen dem Tisch und der Sitzbank durch, um es sich bequem zu machen.

„Versteh mich nicht falsch, Gabriel. Ich freu mich wirklich, dich zu sehen. Ich habe endlich meinen Durchbruch geschafft, es fehlen nur noch einige Feineinstellungen."

„Darüber wollte ich mit dir reden." Er aß seinen Pancake auf. „Du wirst damit nicht an die Öffentlichkeit gehen." Robert war fassungslos. „Was soll das heißen? Ich kann damit in die Geschichte eingehen!" Gabriel sah ihm entschlossen in die Augen. „Vergiss nicht, wem deine Loyalität gilt! Du wirst zusammen mit Nicolas in diesem Gebiet weiterforschen. Wir haben bereits eine perfekte Tarnung und das hier wird dein Jahreseinkommen." Gabriel schrieb eine Zahl auf eine Serviette und schob sie ihm rüber.

„Wow, wer würde mir für ein paar Fotos derartige Summen bezahlen?" „Wir wollen keine Fotos aus Parallelwelten. Wir wollen diese Welten bereisen."

Robert schluckte erschrocken.

„Das ist vollkommen unmöglich. Das wird mich dazu um den Nobelpreis bringen. Selbst wenn, könnte kein Lebewesen dort unversehrt ankommen."

Gabriel stand auf und griff nach seinem Jackett.

„Ich bin sicher, dass dir da etwas einfallen wird."

Dr. Lennard Schneider

1991, Massachusetts.

„Guten Morgen. Sie müssen Jason Sanders sein", sagte der Mann in Weiß.

„Ja, Sir."

„Gut. Mein Name ist Dr. Schneider. Mir wurde gesagt, Sie haben sich freiwillig für dieses Experiment gemeldet."

„Ja Sir, das habe ich."

„Sind Ihnen die möglichen Nebenwirkungen bekannt?"

„Ja Sir, ich bin mit Ihrer Arbeit vertraut und habe keine Bedenken." Man konnte ihm nicht im Geringsten ansehen, dass er Angst hatte. Jason war ein perfekt ausgebildeter Soldat, der bisher jeden Auftrag zuverlässig ausführte, und nun stellte er sich seiner größten Herausforderung.

„Okay Jason, wir fangen zunächst mit drei Injektionen an und wenige Stunden später, sofern der Körper diese intensive genetische Veränderung akzeptiert, folgt die letzte Injektion und Sie werden ein völlig neuer Mensch sein."

Während Dr. Schneider das Vorgehen erklärte, richtete er bereits die genannten Injektionen auf einem kleinen Metalltisch. Fein säuberlich platzierte er die Spritzen im Abstand von jeweils drei Zentimeter nebeneinander. Der Anblick löste gemischte Gefühle in Jason aus, wie dieser selbstbewusste junge blonde Arzt seine Arbeit ausübte.

Er musste einige Jahre zurückdenken, als er an einem Einsatz in Russland beteiligt war. Ein Maulwurf hatte sein Team verraten und alle bis auf ihn wurden getötet. Als er wieder zu Bewusstsein kam, war ihm nicht im Mindesten bewusst, wo er sich befand. Er sah sich um und wusste, jetzt war es vorbei. Hier in diesem nasskalten Keller mit Betonwänden und einer vier bis fünf Meter langen Werkbank würde man ihm das Leben aushauchen.

Er war an einen Stuhl gefesselt und blutete im Gesicht. „Für wen arbeiten Sie?", wollte ein Mann mit russischem Akzent wissen. Er war eins achtzig groß, hatte dunkelblondes Haar und ein blaues Auge, das andere war getrübt. „Ich verkaufe Versicherungen, sind Sie mit Ihrer zufrieden? Wir können gerne einen Termin vereinbaren", gab er grinsend von sich.

„Sie denken wohl, ich mache Witze. Letzte Chance. Für wen arbeiten Sie?" Sein Blut tropfte ihm von der Wange.

„Ich finde ihren Akzent klasse. Sagen Sie doch mal in voller Lautstärke: ,Ich werde die Weltherrschaft an mich reißen!' Und dabei strecken Sie Ihre Finger gekrümmt in die Höhe." Der Russe stand auf, sah ihn missbilligend an und brüllte einen Befehl auf Russisch, worauf seine Männer ein Gerät herbrachten und es an seinem Kiefer bis über den Kopf befestigten. Mit einem Gerüst aus Metall und Lederstriemen über seinen Kopf gespannt saß er nun da. „Befestigt die

Klammer!", befahl der Russe. Der Mundwinkel wurde mittels einer Klammer, so weit es ging, zurückgezerrt und zuletzt wurde an der freiliegenden Stelle ein Metallstab befestigt, hinter dem ein Kästchen mit einem langen Schlauch befestigt war.
„So. Fertig. Sie fragen sich sicher, was diese nette Erfindung so alles kann, habe ich recht?", fragte der Russe voller Überzeugung. „Ä...E...A..." Mit dem vielen Altmetall zwischen den Zähnen bekam er nur noch Vokale raus.

„Überredet. Ich erkläre Ihnen, womit Sie es zu tun haben. Die Klammer sorgt dafür, dass der erste Backenzahn freiliegt, und das kleine Teil an der Seite ist ein kleiner Bolzen, ähnlich wie bei Rindertötungen, nur kleiner. Wenn ich also diesen kleinen Schalter hier betätige, wird dieser Bolzen mit einem unvorstellbar großen Druck abgeschossen und in diesem speziellen Winkel werden unzählige winzige Zahnsplitter in die Nerven geschossen. Niemand hält diesen Schmerzen stand und das wird auch nicht der letzte Zahn sein. Also noch ein letztes Mal. Für wen arbeiten Sie?!" Der Russe löste erneut die Backenklammer. „Okay, ich rede. Ich arbeite für die Rosenbaum, Smith and West Gruppe." „Welche Ziele verfolgen Sie?"
„Sie haben Kontakte zu sämtlichen Politikern und Sitze in diversen Ländern. Sie operieren gezielt auf bestimmte Menschengruppen."
„Was machen Sie?" Der Russe wurde langsam ungeduldig, schrieb aber alles mit.

„Sie wollen den Markt komplett übernehmen und schließen Werbeverträge mit Hunderten Sendern ab.“
„Mit welchem Ziel?“
„An jeden Familienvater und Hausfrau sowie Kinder eine Rechtsschutz-, Haftpflicht- und Lebensversicherung zu verkaufen.“
Der Russe warf den Notizblock auf die Seite und wurde knallrot vor Zorn. Er befestigte wieder die Backenklammer und nahm den Schalter in die Hand.
„Reden Sie!“ Jason sah ihm in die Augen und fing an, so laut er konnte, zu lachen. Der Russe wurde so zornig, dass man sehen konnte, wie eine Ader an seiner Stirn anfing zu pochen. Er legte den Schalter um. Schuss.

„Wie sieht es aus, Dr. Schneider?“
„Mr. Sanders spricht besser als erwartet auf die Behandlung an.“
„Es dürfen dieses Mal keine Fehler unterlaufen“, gab der Farbige im Anzug von sich.
„Richten Sie Armstrong aus, dass wir in wenigen Tagen erste Ergebnisse erzielen.“

Zwei Jahre später.

„Lennard, es ist genug Zeit vergangen! Sind wir in der Lage, dieselben Ergebnisse wie bei Sanders bei meinem Sohn zu erzielen?“
„Ich habe unzählige Varianten getestet, aber sein Immunsystem würde jeden Eingriff auf die Genetik

abstoßen. Er ist ungeeignet. Davon abgesehen wären die Nebenwirkungen verheerend." Gabriel sah aus dem Fenster, die Sonne schien, aber aufgrund der Jahreszeit war es trotzdem sehr kalt. „Ein Versagen können wir uns nicht leisten! Ich will gar nicht über die Folgen sprechen." Lennard wusste nicht, was er sagen sollte, er zog seine Brille ab und fuhr sich mit der Hand übers Gesicht. „Wir schufen einen Supersoldaten. Jason Sanders nutzt mehr als sechzig Prozent seiner Gehirnkapazität. Er ist schneller, stärker und intelligenter als jeder andere auf diesem Planeten. Er hat unglaubliche Fähigkeiten, darunter ein fotografisches Gedächtnis, hundertfach schnellere Wundheilung und bei intensiver Konzentration bewegt er sogar kleinere Gegenstände. Von Tag zu Tag steigern sich seine Fähigkeiten. Wir haben einen Meilenstein in der Genetik erreicht und sollten zufrieden sein. Wir sind nun mal keine Gottheiten. Es gibt Grenzen, Gabriel."

Gabriel schlug mit aller Kraft auf den Tisch. „NEIN! John wird derjenige sein, der unser Werk fortsetzt!"
„Es ist unmöglich. Wir haben alles versucht." Das Telefon unterbrach ihre Unterredung.
„Ja?", sagte Gabriel, als er auf den Knopf der Sprechanlage drückte.
„Sir, Agent Sanders und ein Gast sind hier. Sie möchten zu Ihnen."
„Danke Patrisha, schicken Sie sie rauf, aber sie möchten sich noch einen Moment gedulden."

„Verstanden.“

„Hör zu Lennard, ich akzeptiere leider kein Nein und möchte, dass du der Leiter eines neuen Projekts wirst. Nach Johns erfolgreicher Gentherapie wirst du an einen sehr weit entfernten Ort reisen und dort sollst du an einer Methode arbeiten, um ein universelles Gen-Upgrade zu produzieren.“

„Ich denke nicht, dazu in der Lage zu sein. Du stellst dir das zu einfach vor.“

Grinsend sah er Lennard an, als gäbe es keine Hindernisse. „Ich denke, ich habe genau den richtigen Laborpartner für dich gefunden.“

„Nicht schon wieder. Die meisten standen mir eh nur im Weg. Ich habe die besten Genetiker dieser Welt kennengelernt und jeder war im Vergleich zu mir noch ein Grundschüler.“

„Nicht so voreilig, Lennard. Der Mann ist schon wesentlich länger im Geschäft als du. Ich habe sehr lange nach ihm gesucht. Er kommt von einem weit entfernten Ort, sagen wir, aus einer anderen Welt. Er hat einen Impfstoff gegen ‚Freie Radikale‘ entwickelt – was ihm erlaubt, sehr alt zu werden.“ Lennard wurde neugierig und wandte sich wieder zu Gabriel. „Ich bin mir sicher, derjenige wäre mir bekannt.“ „Ich bin mir sicher, du kennst ihn. Zusammen werdet ihr die gewünschten Ziele erreichen.“

„Na gut, stell ihn mir vor.“

„Kommen Sie herein!“, rief Gabriel. Die Tür öffnete sich und ein Mann betrat den Raum. Sanders blieb an

der Tür stehen und der Mann näherte sich Lennard, der
nicht glaubte, wen er da vor sich hatte.
„Guten Tag, mein Name ist Dr. Josef Mengele.“

Central Intelligence Agency

„Ist Ihr Name Gabriel Armstrong?“

„Ja.“

„Ist Ihre Haarfarbe dunkelbraun?“

„Ja.“

„Sind Sie geboren am 12.07.1955?“

„Ja“

„Sind Sie verheiratet?“

„Ja.“

„Sind Sie für die Central Intelligence Agency tätig?“

„Ja“, antwortete Gabriel Armstrong, während die Nadel des Lügendetektors sich kaum bewegte.

„Hat eine andere Agency versucht, Sie anzuwerben?“

„Ja.“

„Haben Sie das Angebot angenommen?“

„Nein.“

„Haben Sie irgendwann geheime Informationen verkauft?“, wollte der Psychologe wissen. Wie eine Puppe starrte er Gabriel an und die einzige Abwechslung war, als er einen Strich auf das Papier des Polygraphen machte. Nach jeder Markierung nahm er wieder die gleiche Haltung ein. Seine linke Hand an sein Kinn und seinen Zeigefinger ausgestreckt auf die Wange. Er wirkte gelangweilt, war jedoch hochkonzentriert. Dr. Sallanger gehörte zu den besten Psychologen der CIA und hatte im Laufe der Jahre schon viele Agenten erwischt oder im schlimmsten Fall den einen oder anderen Maulwurf enttarnt. Einige

Analysten amüsierten sich sogar darüber, dass er vermutlich noch nie innerhalb der Büros gelächelt haben sollte. Aber niemand würde es wagen, ihm etwas Derartiges in sein Gesicht zu sagen. Sein ledriges, grimmiges Gesicht wirkte auf jeden Neuling einschüchternd.

„Nein.“

„Haben Sie Ihrer Frau oder anderen Angehörigen Informationen preisgegeben?“

„Nein.“

Es vergingen mehr als zwei Stunden, ehe die alljährliche Sicherheitsüberprüfung ein Ende fand. Nach einer dreißigminütigen Pause folgte noch eine neunzigminütige Überprüfung der psychologischen Eignung. Doch es war völlig gleichgültig, wie anstrengend derartige Eskapaden auch sein mochten. Gabriel Armstrong war nicht nur bestens ausgebildet, sondern auch ohne Agency ein brillanter Kopf. Er war unmittelbar vor seiner Ausbildung Schachweltmeister. Nicht weil er ein leidenschaftlicher Spieler war. Nein. Er holte sich den Titel, weil er es konnte. Mit achtundzwanzig Jahren war er der jüngste Leiter einer strategisch orientierten Sonderabteilung für Langzeitaufträge, einer nicht offiziell existierenden Abteilung der CIA.

„Mr. Armstrong, Mr. Armstrong!“, rief Adam Weis, der aus einem entfernten Büro auf ihn zueilte. Adam war ein eher verschrobener Kerl, der gerne und viel redete. Er wirkte auf den ersten Eindruck ein wenig trottelig, war aber ein unschlagbares Genie, wenn es um Mechanismen und Schaltkreise ging.

„Ja?“, antwortete Gabriel.

„Sind Ihre Tests alle gut gelaufen? Natürlich, sonst wären Sie ja nicht hier. Es sei denn, sie wurden noch nicht vollständig gewertet. Aber ich bin mir sicher, dass mit Ihnen alles in Ordnung ist. Nicht dass etwas nicht in Ordnung sein könnte.“

„Adam! Was wollen Sie?“, unterbrach ihn Gabriel in einem sehr direkten, ruhigen Ton.

„Ach so, ja. Dumont will Sie sehen.“

Ohne ein weiteres Wort zu wechseln marschierte Gabriel direkt zu Charles Dumont.

Charles Dumont war der Direktor dieser Abteilung. Am Konferenztisch warteten bereits Noah Cornwall, der stellvertretende Direktor, Amanda Bates und Richard Dale, zwei der besten Feldagenten.

„Bitte setzen Sie sich“, sagte Direktor Charles Dumont.

„Heute Morgen konnten wir Informationen über einen möglichen Terroranschlag in Washington abfangen. Bitte öffnen Sie Ihre Umschläge. Sein Name ist Hasan Ibrahim. Er will Amerika bestrafen, indem er knapp einhundertzwanzig Kilogramm C4 in einer dicht besiedelten Gegend zündet. Seite zwei bitte. Er wird den Sprengstoff vermutlich in diesem Van transportieren. Alle weiteren Details finden Sie auf Seite drei bis sechs. Agent Bates und Agent Dale entwerfen den Einsatzplan. Wir haben achtundvierzig Stunden. Sollten Sie Fragen haben, besprechen Sie diese mit Agent Cornwall.

Agent Armstrong, auf ein Wort bitte.“
„Natürlich“, antwortete er.

Zwei Büroräume weiter befanden Sie sich auch schon in Dumonts Büro. Die Wände bestanden größtenteils aus mattiertem Glas. Unweit vom Schreibtisch stand ein Getränkeschrank, in dem man ausschließlich nur gefiltertes Wasser vorfand. Alle Utensilien in diesem Büro und vor allem auf dem Schreibtisch waren stets penibel geordnet.
Sogar der Abstand der auf dem Tisch liegenden Füllfederhalter war identisch. Charles Dumont war durch und durch ein Agent. In jeder Situation seines Daseins war er stets ruhig und gelassen, seine Mimik verriet niemals eine vorhandene Empfindung. Nichts brachte ihn aus der Ruhe, es sei denn, es brachte ihm einen taktischen Vorteil.
„Ich habe bereits Ihre psychologische Auswertung, Gabriel.“
Gabriel Armstrong war vom gleichen Kaliber. Nicht einmal unter Folter würde sich sein Gesicht vor Schmerzen verzerren. Sie ähnelten sich sogar in der Schreibweise eines Einsatzplans und vielleicht war das der Grund, weshalb diese Zelle die erfolgreichste war. Die Erfolgsquote dieser Abteilung war achtzehn Prozent höher als die der übrigen im Land.
„Ach ja?“, antwortete er gespielt fragend.
„Man sagte mir, Sie haben im Stresstest exzellent abgeschnitten.“
„Sagt man das?“

„Ich hätte auch nichts anderes erwartet. Bitte setzen Sie sich“, sagte Dumont und nahm einen Schluck Wasser, streifte sich mit der Hand über den Mund und sah ihn kurz mit seinem nichts entgehenden Blick an.

„Ich wage sogar zu behaupten, dass Sie besser abgeschnitten haben als ich in Ihrem Alter.“

Gabriels Ausdruck blieb unverändert, er wusste, dass er nicht besser abgeschnitten hatte, dafür hatte sich dieser Test in den vergangenen Jahren zu stark verändert. Daraus musste er schließen, dass Charles versuchte, ihn in seinem Interesse zu beeinflussen.

„Die Tatsache, dass Sie mir ein Kompliment machen, verrät mir, dass Sie mich um eine Gefälligkeit bitten werden“, entgegnete ihm Gabriel gezielt. Würde er nichts sagen, würden beide dies im Stillen wissen. So hatte er die Karten auf den ersten Eindruck offengelegt und Charles so mit seinem Manipulationsversuch entwaffnet. Zudem wusste er, dass Dumont nichts für Arschkriecher übrighatte. Die Antwort brachte Dumont ein wenig zum Schmunzeln. „Offiziell existiert diese Abteilung nicht. Das ist jedem hier bewusst. Wir werden künftig unsere Intention in eine andere Richtung lenken. Nahtlos. Ich möchte, dass Sie mein Anliegen diskret behandeln.“

„Verstehe.“

„Es gibt diverse wissenschaftliche Neuheiten auf dieser Welt“, fuhr er fort, „die unter keinen Umständen in falsche Hände geraten dürfen.“

„Interessant.“

„Ich wähle Sie aufgrund ihres strategischen Denkens. Und vor allem, weil Sie Ihr Können schon oft genug unter Beweis gestellt haben.“

Dumont goss gelassen Wasser in sein Glas und nahm noch einen Schluck zu sich. Behutsam griff er nach einer Akte.

„Dieses Projekt steht schon länger in Planung. Diese staatliche Forschungseinrichtung liegt fest in unserer Hand. Als Teil Ihrer Tarnung übernehmen Sie die Leitung dieses Instituts. Es gibt eine Agentin, die etwas Vergleichbares in unserem Interesse bereits ein Jahr mit Erfolg praktiziert. Ihr Name ist Samantha Orlow. Wenn die Zeit gekommen ist, werden Sie sich mit ihr in Verbindung setzen. Des Weiteren finden Sie alles über Ihre Vorgehensweise und Informationen über tote Briefkästen in den Unterlagen. Haben Sie noch Fragen?“

„Wann fange ich an?“

„Nächste Woche Montag.“

Ein Jahr später.

„Samantha, ich glaube an mein Land und würde dafür sterben. Und das weißt du!“, gab Gabriel lautstark von sich. Beide verstummten kurz, während Samanthas Hausangestellter das Essen servierte.

„Coq au vin de Bourgogne mit Weißwein.“

„Wie das duftet. Bitte richten Sie dem Koch Glückwünsche aus“, sagte Gabriel.

„Das werde ich“, antwortete er und ging.

„Du hältst bewusst Informationen zurück“, sagte Samantha, während sie ein Stück Fleisch abschnitt und zu sich nahm.

„Es wird die Zeit kommen, in der ich wissen muss, ob ich mich auf dich verlassen kann.“

„Warum bist du dir so sicher, dass ich nicht gleich nach unserer Unterredung zur Dienstaufsicht gehe und dich melde?“

„Sicher kann ich mir nicht sein. Ich weiß allerdings, dass du mir vertraust.“

Gabriel wusste genau, was er zu sagen hatte, um eine gewünschte Reaktion herbeizuführen.

„Was hast du vor? Ich muss es wissen, sonst sehe ich mich gezwungen dich zu melden.“

Er biss genussvoll von dem in Soße eingelegten Hähnchen ab und trank einen Schluck Wein, den er sich ebenfalls lange auf der Zunge zergehen ließ.

„Wir bekämpfen mit unendlicher Ausdauer das Böse: Terroristen, kriminelle Organe, Schmuggel von Massenvernichtungswaffen und feindliche Agenten. Ich muss unaufhörlich Strategien entwickeln, wie wir das Böse auf dieser Welt über Jahre hinweg zerschlagen. Doch das ist keine Lösung! Wir bekämpfen bis zur Ermüdung lediglich nur die Symptome. Es ist an der Zeit, die Krankheit zu eliminieren.“

Diese uneinschätzbare Aussage traf sie wie ein Schlag ins Gesicht. Sie versuchte, sich nichts anmerken zu lassen. Aß und trank.

„Was hast du vor?“

„Nur Geduld. Du wirst nichts verpassen.“

„Ich habe gehört, du fliegst morgen nach Albuquerque.“

Vermutlich hatte sie sich gezielt darüber informiert, um ihn im Auge zu behalten, aber das war ihm bewusst.

„Ich habe kurzfristig ein Treffen für morgen früh mit Robert Cole arrangiert.“

„Dem Physiker?“

„Ja. Ich werde ihm helfen die richtige Entscheidung zu treffen.“

„Ich mache mir Sorgen.“

Er trank einen Schluck Wein.

„Eine Sorge besteht nur aus unvollständigen Gedanken. Aus einer Vorstellung heraus glauben wir an eine Wahrscheinlichkeit. Dies ist nicht die Realität.“

Sie ahnte, dass dies der Versuch sein musste, ihre Aussage anzuzweifeln, und die logische Konsequenz daraus war, dass sie ihm vertrauen musste.

„Hast du deshalb nie Angst? Weil sie unlogisch ist?“

„Angst ist lediglich ein Synonym für Sorge. Angst ist nicht reell. Der Gedanke daran, dass etwas Schlimmes passieren kann, lässt in unseren Köpfen die Situation simulieren und die Biochemie im Organismus lässt es beinahe wahr sein“, antwortete er und trank aus.

„Ich hoffe sehr, in deinem Interesse, dass du die richtigen Entscheidungen treffen wirst.“

„Gut, dass du mir vertraust.“

Gabriel Armstrong wusste instinktiv, welche Worte er benutzen musste, um jede Entscheidung seiner

Mitstreiter vorherzusagen. Er verabschiedete sich und ging.

Sechs Monate später.
Wie gewohnt wollte Gabriel zu dem jährlichen Meeting innerhalb der CIA. In diesem Meeting ging es hauptsächlich um die künftige Vorgehensweise und Änderungsvorschläge der Zusammensetzung des Teams. Alles innerhalb der Tarnung in einem sicheren Gebäude. Unter seinem Arm hatte er einen vorbereiteten Ordner mit gesammelten Informationen, die jeden zufriedenstellen sollten. Er war wie immer sehr pünktlich und trank wie üblich einen koffeinfreien Kaffee. Ein neuer Agent stand zusammen mit Samuel Koontz an der Tür der Cafeteria und sie unterhielten sich. Offensichtlich symphytischer Natur. Samuel Koontz war Nahkampfexperte und Kampfsportlehrer in Taekwondo, Muay Thai und Krav Maga. Vor allem war er aber ein absoluter Einzelgänger. Unmittelbar am Ausgang putzte eine Reinigungskraft den Boden. Nur drei Quadratmeter waren feucht. Am Notausgang arbeitete ein Elektriker. Charles Dumont erspähte Armstrong und redete unauffällig in ein Mikrophon. Zwei Männer näherten sich Armstrong.
„Was soll die ganze Fassade?", sagte er und trank gelangweilt seinen Kaffee aus.
„Sir, kommen Sie bitte mit uns."
„Natürlich", antwortete er und warf den Pappbecher in den Abfalleimer.

Die Männer brachten ihn in den so genannten Konversationsraum. Sie schnallten ihn fest und schoben ihn mit dem Stuhl an den Tisch. Wenige Minuten vergingen und eine weitere Person betrat den Raum. Die zwei Männer gingen, ohne ein Wort zu wechseln, hinaus.

„Dr. Broyle, schön, Sie wiederzusehen. Sollten Sie nicht Kriegsgefangene foltern?"

Der Mann im weißen Kittel streifte sich behutsam Gummihandschuhe über seine Hände.

„Sie wirken gar nicht beunruhigt, Mr. Armstrong."

„Ich habe diese Masche entwickelt. Schon vergessen, Dr. Broyle?"

„Dann sollte Ihnen bewusst sein, was passieren wird, wenn ich Grund zur Annahme habe, dass Sie mir etwas vorenthalten. Wir können das alles hier verkürzen, wenn Sie mir gleich sagen, was Ihnen auf dem Herzen liegt und Sie bislang nicht an die Agency weitergereicht haben."

„Ach, lassen wir das Vorspiel! Fangen Sie schon an."

„Wie Sie wünschen, Mr. Armstrong."

Der Arzt verabreichte ihm eine Injektion und befestigte die Elektroden des Lügendetektors. Dreißig Minuten fragte ihn der Arzt nach belanglosen Informationen.

„Tragen Sie im Augenblick Schuhe?"

„Ja."

„Haben Sie kürzlich ein Getränk zu sich genommen?"

„Ja."

„Sind Sie ein Doppelagent?"

„Nein."

„Ist Samantha Orlow eine Doppelagentin?“
„Nein.“
„Waren Sie mit Samantha Orlow intim?“
„Nein.“
„Halten Sie wichtige Informationen zurück?“
„Nein.“
„War Ihre Mutter eine Prostituierte?“
„Nein.“
„Hatten Sie heute Sandalen an?“
„Nein.“
„Halten Sie Informationen aus Eigeninteresse zurück?“
„Nein.“
Eine Frage jagte die nächste. Manche waren einfach nur absurd, um dann wieder Fragen zu stellen, die Unbehagen auslösen sollten.
„Direktor Dumont, ich habe Gabriel Armstrong vier Stunden lang befragt und es gab nicht den geringsten Ausschlag.“
„Gut.“
„Sie verstehen nicht. Er reagiert auf nichts, weder auf Beleidigung noch auf kleine Alltagslügen.“
„Ich habe nichts anderes erwartet.“
„Meiner Meinung nach ist das Ergebnis zu gut. Zudem ist er hochgradig manipulativ. Er hat völlige Kontrolle seiner unterbewussten Reflexe und zeigt nur, was ihm einen Vorteil verschafft.“
Charles Dumont setzte sich gelangweilt und überblickte die Messergebnisse. In aller Ruhe sah er sich die Kurven der Nadel und die dazugehörigen

Fragen an. Er atmete tief und ruhig durch, als er weiterblätterte.

„Wissen Sie, dass Agent Armstrong in seinem ersten Jahr an einem Auslandseinsatz in Argentinien teilgenommen hat und wir verraten wurden? Das Team befand sich zum Glück in einem alternativen Safe House und Gabriel befand sich in der Einsatzvorbereitung in einem sicheren Apartment. Er trug eine Kevlarweste und eine Smith & Wesson in seinem Brusthalfter, als er überrascht und entführt wurde. Nach tagelanger, nein, wochenlanger Folter konnte er diese Zelle aus Söldnern und ausgebildeten Killern davon überzeugen, dass er Austauschdozent aus Kanada sei, den irgendwelche Amerikaner in dieses Outfit gesteckt hatten, um für Ablenkung zu sorgen. Wir konnten ihn befreien, ehe er getötet wurde. Mir wurde regelrecht übel, als ich von diesem Verdacht hörte. Lassen Sie ihn gehen.“

Drei Tage später in einem Museum in Portland. Gabriel beäugte in aller Ruhe das Gemälde eines französischen Künstlers. Diverse Besucher liefen an ihm vorbei und flüsterten über die Stilistik, ein professionelles Reinigungsteam kümmerte sich gerade mit dünnen, feinen Pinseln um eine Statue. Eine Mutter versuchte ihren quengelnden Kindern etwas über Kunst zu vermitteln. Ein Mann, Mitte dreißig, stellte sich neben Gabriel und sah sich das gleiche Werk an. „Diese Trauer“, fing Gabriel an, „die unter der Oberfläche sitzt. Wie ein Kokon. Sie brodelt unter der Oberfläche.

Sie wird ausbrechen auf der Suche nach Wärme, doch ist das Unheil einmal frei, wird es seinen Lauf nehmen. Wunderschön und bitter zugleich, wenn man bedenkt, dass alles vom Tod umgeben ist."

„Leider sehe ich nicht so viel wie du in diesem Bild, Gabriel", antwortete der Mann.

„Steven Baker, es ist so verdammt lange her."

„Wie ist dein Test ausgegangen?"

„Wäre ich hier, wenn sie irgendeine Wahrheit rausgefunden hätten?"

Seinen Blick weiter auf das Bild gerichtet musste er lächeln bei der Vorstellung.

„Wie hast du es geschafft?"

„Wieso bist du der schnellste und präziseste Scharfschütze deiner Einheit?"

„Viel Übung, gute Instinkte und weil es mir einfach im Blut liegt."

„Na also. Lass uns gehen. Es liegt viel Arbeit vor uns."

Akte Nordlicht

„Wo sind wir?", wollte Dave – der noch völlig benommen von dem Sprung war – wissen.

„Hier finden wir meinen Vater und Antworten", antwortete John.

„Ich seh hier zwar eine schöne Landschaft, und die Berge sind auch recht nett, aber ich glaub, wir sind im falschen Universum. In deinem Fähigkeitswahn hast du uns ins Nirgendwo geschleudert." Dave drehte sich im Kreis und ließ die Landschaft, die Natur und das friedliche Umfeld auf sich wirken.

„Wir sind nicht im falschen Universum, sondern auf dem falschen Kontinent."

„Waaaas?!", schrie Kassy.

„Keine Sorge, ich hab gleich den Standort von meinem Vater und dann teleportiere ich uns an den richtigen Ort."

„Cool, ab jetzt wird es eh langweilig. John klärt alles im Alleingang und ehe der Krieg anfängt, chillen wir schon am Strand."

„Du solltest dich nicht so früh freuen. Etwas Großes und Schreckliches wird passieren. Ich spüre es", antwortete John monoton.

Kassy war noch völlig blass, versuchte aber vollständig da zu sein. „John, wir sollten deinen Vater aufsuchen. Er kann dir vielleicht sagen, was auf uns zukommt", schlug sie vor. „Schon geschehen. Holt tief Luft!" John packte beide an den Schultern und der Ort, an dem sie sich befanden, wurde ein anderer.

„Fühlt sich komisch an. So erfrischend“, kommentierte Kassy. „Okay, hier find ich es voll scheiße!“ Dave fing wieder an zu quengeln. „Mitkommen!“

John marschierte zügig voraus und wirkte wie ausgewechselt.

„Was ist nur dauernd mit John los?“, flüsterte Kassy zu Dave rüber. „Ich muss mich konzentrieren!“ John hörte jedes Wort. Der Abend war nicht mehr weit entfernt. Die Sonne berührte bereits den Horizont. „Sie kommen!“

Er blieb stehen und sah sich um. „Was?! Wer? Die Soldaten?“ Dave hasste Überraschungen. Alle drei sahen sich um, auf der Suche nach Soldaten oder Panzern, die auf sie zustürmten, um sie zu töten. Krater, leblose Erde und verdorrte Bäume gestalteten eine sehr melancholische Umgebung. Einen Kilometer weit weg konnte man den Militärstützpunkt sehen, zu dem John hinwollte.

„Wovon redest du?!“ Kassy zerrte schon an Johns Schulter. „Eine Armee von Heuschrecken“, antwortete John.

„Fuck! Packst du die?“ Dave wusste nicht, ob er sich Sorgen machen sollte oder nicht. Es wurde dunkel, was unmöglich war. Zu früh. „Scheiße! Fuck! Wo kommen die auf einmal her? Die sind auch noch viel größer als das, das uns angegriffen hatte, und wir stehen auf ’nem Scheißfeld!“ Verzweiflung breitete sich in Dave aus.

„Fresse!" John beobachtete, wie Hunderte von Zerstörern den Himmel verdichteten. Sie waren größer und sahen wesentlich stärker aus. In seinem inneren Auge sah er, wie er durch die Stadt gejagt wurde und unzählige Menschen ums Leben kamen – und er fragte sich, ob sie gezielt ihn töten wollten. Alles brannte, Schreie drangen aus allen Ecken heraus und unter Todesangst konnte er keinem helfen. Er konnte ja nicht mal sich selbst helfen. Den meisten Kummer hatte er wegen Lily. Es war unwahrscheinlich, dass sie diesen Angriff überlebte. Jedes Gefühl von Angst, Schwäche und Unterlegenheit verwandelte sich in pure Wut.
„Ich hab 'ne Scheißangst." Kassy sah den Feind und wollte nicht wahrhaben, was auf sie zukam.
Die Zerstörer bildeten eine Angriffsformation. John schloss seine Augen. Im Einklang mit der Umgebung und jedem Molekül, das ihn umgab, atmete er ruhiger als je zuvor. Sie näherten sich so unglaublich schnell. Nicht einmal ein Jet hätte bei dieser Geschwindigkeit mithalten können. „John??" Dave wusste, dass selbst wenn er davonlaufen würde, sie ihn wie eine Atombombe erwischen würden. Überall entstanden Lichter, sie bereiteten sich auf einen Angriff vor. John öffnete die Augen und alles, was er ansah, löste sich in seine Bestandteile auf. Mit nur einer Handbewegung pulverisierte er blitzschnell einen nach dem anderen. „Das glaub ich ja nicht", grinste Dave.
Nur ein Objekt blieb unversehrt. John zwang es zu Boden. „Was hast du vor?"

„Der hat uns damals angegriffen." Eine Tonne biochemische, metallische Masse prallte auf den Boden.
„Sehen wir mal, womit wir es zu tun haben."
John näherte sich diesem drachenähnlichem Objekt. Mit dem Zeigefinger visierte er die drei Meter große Kopfform an und schnitt sie telekinetisch auf. Rauch und silbern glänzende Flüssigkeiten strömten aus der Kabine. „Da haben wir ihn ja." Ein Wesen fiel heraus.
„So, von Angesicht zu Angesicht bist du wohl nicht mehr so stark." In Johns Gesichtsausdruck konnte Dave etwas erkennen, was ihm Angst machte. Da war sie wieder. Mordlust. Als gehörte sie zu seiner Fähigkeit, wer durch Gedanken töten kann, der tötet. Er konnte es ihm nicht verübeln. Das Überleben des Stärkeren.
„Warum?", keuchte das Wesen.
„Du fragst mich allen Ernstes warum?!" John sah herab auf das kleine ein Meter fünfzig große Wesen, welches weder Ohren noch menschliche Augen besaß, es hatte kleine schwarze Augäpfel. Seine Haut ähnelte der eines Menschen, nur dass es keine Haare besaß. „Ihr greift uns an, tötet unsere Familien und Freunde, falls du weißt, was das ist, und dann wundert ihr euch, warum wir jetzt euch töten. Mit derartiger Technologie müsstet ihr doch intelligenter sein!" Das Wesen atmete sehr schwerfällig.
„Wir haben nicht zuerst angegriffen. Wir wollen Frieden." John zeigte mit dem Finger auf das geschwächte Wesen und trennte ihm mehrere Finger

ab. „Lüg mich nicht an! Was wollt ihr? Unsere Ressourcen?"

„Wir wollen und brauchen nichts von euch", schnaufte das Wesen angestrengt. Es hatte bereits seinen Lebenswillen verloren. „Und warum jagt ihr hässlichen Missgeburten uns? Vor allem mich!?" „Man sagte mir, ihr seid eine Bedrohung für unser Geschlecht."

„Bei mir zu Hause gibt es ein Mädchen, sollte es nicht mehr am Leben sein, lösche ich deine gesamte Rasse aus! Inklusive jedem Kulturerbe!"

Kassy griff nach Johns Schulter und versuchte ihn zu beruhigen. Als John seine Hand hob, um es zu töten, erlag es bereits seinen Verletzungen und John sackte zu Boden. „Ist alles in Ordnung mit dir?", schrie Kassy besorgt, die noch ein wenig schockiert über seine Reaktion war.

„Mein Kopf ... er tut höllisch weh!" „Kannst du laufen?", fragte Dave. Schwerfällig stand er auf und orientierte sich erneut. „Das war wohl zu viel, los, wir müssen weiter." Er wirkte, als hätte er Migräne, und wollte sich nichts anmerken lassen, als ob er nun keine Schwäche mehr zeigen dürfte. „Das ging eben ziemlich schnell und ich weiß nicht, ob ich unter Realitätsverlust leide, aber kann es sein, dass der Krieg vorbei ist?", fragte Dave verwirrt. „Sicher nicht, wir haben nur eine Schlacht gewonnen." John lief so schnell, dass die anderen nur mit Mühe mithalten konnten. „Ich wunder mich, dass die nicht mehr draufhatten", fügte Kassy hinzu.

„Tja, Johns Dad hat saubere Arbeit bei ihm geleistet, sonst wären wir jetzt am Arsch. Mit Bomben und Granaten kommt man bei denen nicht weit."

„Was hat der wohl gemeint? Es hörte sich an, als wollten die sich nur vor uns verteidigen." „Ach Kassy, du darfst den Lügen des Feindes nie Glauben schenken. Die wissen, dass ich eine Waffe bin, und versuchen mich zu manipulieren. Ich könnte deren Rasse an nur einem Tag auslöschen." „Kann sein", antwortete sie nachdenklich.

„Du bekommst doch dauernd neue Erinnerungen, oder?", fragte Dave.

„Einfach ausgedrückt, schon."

„Dann denk mal nach. Kann es sein, dass das Aliens sind? Der sah nun wirklich nicht aus wie einer von uns. Diese Augen. Selbst Fische haben nicht so abstoßende Augen."

„Also, ich kann euch nicht sagen, was es mit denen auf sich hat, aber es sind mit Sicherheit keine Außerirdischen." „Ich kann es kaum erwarten, 'ne Erklärung von deinem Dad zu bekommen."

„Wir sind da, hier ist er." John blieb fünfzehn Meter vor dem Militärstützpunkt stehen.

„Nicht gerade winzig. Und dort finden wir deinen Vater?", hakte Kassy nach.

„Mit Sicherheit."

„Mann, das sieht aus, als wollten die sich vor Godzilla schützen, Waffen wie aus einem Science-Fiction-Film und alles doppelt und dreifach eingezäunt. Was jetzt? Anklopfen oder einbrechen?" John versuchte jemand zu erkennen, doch das gesamte Gebiet wurde von Sensoren und Tasern bewacht. Im Zentrum von dem Stützpunkt stand ein massiver Atomschutzbunker. „Anklopfen!" Er streckte seine Hand in die Luft. „Was wird 'n das?" An Johns Hand bildete sich eine ungleichförmige, leuchtende Kugel. „Uuund … Schuss!" Die Kugel flog dreißig Meter durch die Luft und explodierte. So ungefähr hört sich ein Kilogramm C4 an.

„Scheiße! Mann, warn uns doch!", fluchte Dave, als er vor Schreck in Deckung ging und seinen Kopf schützte.

„Beschwer dich nicht. Hat doch funktioniert." Aus einem der kleineren Blöcke marschierten acht fast gleich aussehende Soldaten und eine Frau heraus.

„Jetzt bekommen wir bestimmt Ärger", sagte Dave grinsend und schlug John auf die Schulter.

„Klappt besser als 'n Feueralarm."

„John Armstrong?", rief die streng aussehende blonde Frau in einem russischen Akzent.

„Alter, die kennt sogar deinen Namen", flüsterte Dave dazu.

„Das ist mein Name, ich will zu meinem Vater!"

„Sie sind drei Stunden früher als erwartet."

Die Frau musste nur auf das Stahlschloss sehen und einer der Soldaten öffnete es. „Kommt rein. Mein Name ist Samantha Orlow."

John sah sie überrascht an.

„Wie Orlow Industries?"

„Richtig."

„Was macht der CEO eines weltweiten Chemiekonzerns in einem anderen Universum?“

„Sagen wir, meine Interessen liegen nicht nur bei der Herstellung von Chemikalien. Ich will auf keinen Fall das große Finale verpassen.“

„Was meinen Sie? Was für ein Finale?“

Sie lächelte kurz und verschloss wieder das Eingangstor.

„Mir nach, dein Vater erwartet dich bereits.“

Mit den Soldaten links und rechts machten sie sich auf direktem Weg zum Bunker. In aller Ruhe prägte sich Kassy die Umgebung ein, was nicht schwer war, da man nur von nummerierten Wohnblöcken umgeben war. Ohne einen Ton positionierten sich die Männer an der Eingangstür vom Bunker. Samantha Orlow presste ihren Zeigefinger auf einen biometrischen Sensor und die Stahltür sprang auf. „Bist du aufgeregt, John?“

„Also ich bin total aufgeregt!“, antwortete Dave.

„Ich versuche immer noch das Puzzle zusammenzufügen. Was hatte es mit diesen Heuschrecken auf sich?“

„Da du das Wort ‚hatte‘ verwendet hast, nehm ich mal an, dass wir das Problem nicht mehr haben.“

„Ja, ich hab sie in ihre Bestandteile aufgelöst.“

„Darüber wird Gabriel sehr erfreut sein.“

„Wo ist er?“ Orlow tippte einen Zahlencode in ein Tastenfeld. „Wir müssen nach unten.“

„Ach so, hätte mich auch gewundert. Hier sieht es ja aus wie in einer Lagerhalle für Lebensmittel.“

Wo man sich umsah, sah man nichts außer zehn Meter hohen Regalen, vollgestellt mit Kartons, in denen sich Konserven befanden. Fünfzig Meter lang und siebzig Meter breit, das war das militärische Essensdepot.

Die übertrieben dicke und massive Fahrstuhltür öffnete sich. „Was ist das denn?" Kassy bekam einen Schauer über den Rücken bei dem Anblick von den Stangen und Ledergurten. „Das ist selbstverständlich kein normaler Fahrstuhl wie in einem Hotel. Wir müssen schließlich mehr als hundert Meter tief nach unten", erwiderte Orlow.

„Was heißt ‚nicht normal'?", fragte Dave.

„Es geht ziemlich schnell nach unten, aber keine Sorge, man gewöhnt sich daran."

„Na toll!", murmelte Dave. Verunsichert suchte jeder sich einen Platz, um sich irgendwie festzuschnallen.

„Alles angeschnallt?", fragte Orlow und drückte auf einen Pfeil nach unten. Mit dem startenden Summen, verursacht durch die Stahlseile, die durch einen Flaschenzug gejagt wurden, verzogen sich zeitgleich die Gesichter der Passagiere. Dave biss und kniff, so fest er konnte, die Zähne und Augen zusammen, Kassy unterdrückte es zu schreien, während John ruhig und konzentriert blieb. „Scheiße! Wie lang geht das denn noch?!", schrie Dave, als der Fahrstuhl weiter beschleunigte. „Noch ein paar Sekunden", antwortete die Russin. Das kreischende Summen der Stahlseile beruhigte sich langsam und der Fahrstuhl bremste ein wenig, bis er schließlich eine erträgliche Geschwindigkeit erreichte.

„O. k., jetzt muss ich zugeben, dass es ziemlich cool war. Wär ’ne geile Fahrt auf ’nem Jahrmarkt. Später nochmal?“, sagte Dave.
Das helle Licht blendete sie, als sich die Fahrstuhltüren öffneten. Sie konnten nur einen unendlich langen, weißen Flur sehen und waren überwältigt von der Größe dieser unterirdischen Anlage. „Und das hundert Meter tief unter der Erde“, gab Kassy von sich, während sie sich abschnallte.
„Folgt mir!“, befahl Orlow und ging voraus.
„Wenn du deinen Dad triffst, frag ihn mal, warum mein Upgrade nicht wirkt.“
„Du hast ein Upgrade?“ Die Russin warf Dave einen mörderisch ernsten Blick zu.
„Ähm, ja. Gibt es da ein Problem?“
Genervt über eine derartige Respektlosigkeit musste sich die Russin zurückhalten.
„Ich hab Fälle erlebt, in denen es bis zu drei Jahre dauerte. Irgendwann bekamen die Probanden kleinere Fähigkeiten.“
„Na super … weiter warten.“
„Sei dankbar, dass dein genetischer Code ein wenig verbessert wurde. Damit hast du der Menschheit einen Gefallen getan.“ Dave musste kurz nachdenken und warf Orlow einen kritischen Blick von hinten zu.
„Irgendwie klang das unfreundlich.“
„So, für euch ist der Weg hier vorbei. John wird ausschließlich alleine empfangen. Ihr könnt euch in der Zeit hier im Aufenthaltsraum etwas zu essen machen.“

„Gerne!" Kassy freute sich endlich mal wieder was Richtiges zu essen.

„John, komm bitte mit." Zwei Türen weiter blieb sie auch schon stehen. „Hier ist das Büro von Gabriel Armstrong. Ich werde jetzt wieder an meine Arbeit gehen."

Ohne sich zu verabschieden, ging die Russin auch schon wieder weg.

Aufgeregt stand er nun vor der Tür und legte langsam seine Hand auf die Türklinke, atmete mehrmals durch und öffnete sie. Da stand er nun. Im Büro von seinem Vater. Hier war also sein Arbeitsplatz. Er hatte Tausende Fragen und wenn er könnte, würde er sie alle auf einmal stellen.

„Sag mal, Kassy, nervt es dich nicht auch? All die Strapazen und der viele Ärger, nur um jetzt am Ziel mit einem Sandwich abgespeist zu werden?", fragte Dave.

Das Büro von Gabriel Armstrong war sehr schlicht. Ein großer, dunkelbrauner Schreibtisch, auf dem einige Akten lagen, weiße Wände, an denen Fotos hingen mit mächtigen Leuten, denen er die Hand schüttelte. Und gegenüber vom Schreibtisch fanden zwei Stühle ihren Platz.

„Hallo John, ich bin froh dich zu sehen."

Johns Herz pochte wie wild. Parallele Welten, Horror, Flucht und genetische Veränderungen. Der Verantwortliche für all das stand nun vor ihm und er wusste plötzlich nicht mehr, was er ihn zuerst fragen könnte.

„Aber du musst zugeben, das sind echt gute Sandwiches", schmatzte Kassy.

„Ja, die sind der Hammer, das beste Fleisch, das ich je gegessen habe, aber darum geht es ja nicht. Haben wir jetzt die Rollen getauscht? Normalerweise würdest du doch vorschlagen, dass wir uns hier mal umsehen."

Sie schluckte das Essen herunter und sah Dave in die Augen. „Was schwebt dir vor?"

„Auf dem Weg hierher habe ich einen Raum gesehen, auf dem ‚Archiv' stand. Wir könnten da ja mal versehentlich reinstolpern."

„Die töten uns!"

„Quatsch! John hat Kräfte wie kein anderer und ist unser Kumpel – und dazu schmeißt sein Dad den Laden hier. Wir bekommen höchstens einen Klaps auf die Finger."

„Hört sich plausibel an. Bin dabei. Aber erst will ich noch so 'n Sandwich."

Währenddessen stand John seinem Vater gegenüber.

„Was hat es mit diesen Wesen auf sich und warum haben die uns angegriffen?" Gabriel setzte sich und zeigte mit der Hand auf den Stuhl gegenüber von seinem Schreibtisch. John nahm auch Platz. „Ich bin mir nicht sicher, wo ich anfangen soll. Sicher dachtest du, Aliens wollen uns ausrotten. Aber es ist wesentlich komplizierter. Stell dir unsere Parallelen zu anderen Welten vor wie einen Kreis – und davon existiert noch ein Kreis, der unserem stark ähnelt. Sie haben ähnliche Bedingungen, nur komplett andere biologische

Eigenschaften. Ihre Proteine und Nährstoffe sind vollkommen unterschiedlich."

„Was wollen die?"

„Unsere Ausrottung. Es kann nur eine Rasse geben, und deshalb musste die Menschheit einen Evolutionsschub bekommen. Viele unserer Experimente verliefen bedauerlicherweise schief und wir mussten unzählige Opfer in Kauf nehmen, aber jetzt ist alles vorbei. Dank dir werden wir weiter existieren."

„Abgeschlossen!", flüsterte Dave, als er in den Archivraum wollte. „War zu erwarten. Wird's nicht langsam mal Zeit, dass sich deine Fähigkeiten manifestieren? Vielleicht kannst du ja durch Wände gehen?"

„So 'n Scheiß geht nicht!"

„Stell dir vor, wie deine Materie diese durchdringt."

„Du willst doch nur, dass ich gegen diese Tür renne."

Kassy warf ihm einen überzeugten Blick zu.

„Stell es dir doch mal vor. Was du mit so einer Fähigkeit alles machen könntest."

Dave grübelte nach und stellte sich vor, wie er einfach durch Wände spazieren und sich nehmen konnte, was er wollte. Er könnte in Banken reinschlendern und sich am Bargeld bedienen und niemand könnte ihn einsperren, geschweige denn aufhalten. Oder vielleicht mal den einen oder anderen Blick in eine Damenumkleide wagen. Die Möglichkeiten waren beinahe grenzenlos. „Vielleicht kann man selbst beeinflussen, wie sich eine Fähigkeit entwickelt", dachte er sich. Geist ist schließlich stärker als Materie. „Okay, ich versuch es."

„Schließ besser dabei deine Augen, und wenn du sie wieder öffnest, befindest du dich auch schon im Archivraum", sagte Kassy. Er nahm zwei Schritte Anlauf, schloss die Augen und stellte sich intensiv vor, diese Tür zu durchdringen. „O. k.! Los!" Er rannte auf die Tür zu und mit einem erschreckend lauten Knall prallte er auf die Tür und fiel zu Boden. „Ach Fuck! Scheiße, tut das weh! Oh mein Gott, fuck! Das war voll die Scheißidee! AAaaa!"

Kassy musste vor Lachen nach Luft ringen.

„Du kannst dir nicht vorstellen, wie witzig das aussah! Ich glaub, ich versuch es besser mit meinem Dietrich." Sie konnte sich kaum beruhigen. „Du Miststück!"

Mit einigen geübten Handgriffen öffnete sich auch schon die Tür. „Rennt tatsächlich voll gegen 'ne Tür. Ich fass es ja nicht."

„Klappe! Suchen wir lieber mal nach einem Ordner mit der Aufschrift ‚Streng Geheim'."

„John, ich möchte, dass du eines Tages mein Werk fortführst. Wenn der Krieg vorbei ist, können wir eine Welt nach unserem Belieben gestalten. Krankheiten, Kriege und Armut gehören der Vergangenheit an."

„Ich versteh das alles nicht so ganz. Warum sollten diese Wesen andere Welten angreifen? Die haben doch eigene, die auch noch besser zu ihnen passen."

„Ich kann nicht alle deine Fragen beantworten. Die meisten Kriege werden durch

Meinungsverschiedenheiten, Religionen und Rassen geführt. Tatsache ist, wir haben die Bedrohung rechtzeitig erkannt und eliminiert."

John wurde immer nachdenklicher und all seine Fragen wurden plötzlich zur Nebensache.

„Warum investierst du nicht die gleichen Bemühungen in unsere Welt?" Gabriel seufzte daraufhin genervt.

„Versteh doch. Es ist vollkommen zwecklos. Das Schiff rostet und wird sinken. Wir erschaffen eine perfekte Welt, ohne Kriminalität, Atomkraft, fossile Brennstoffe, Korruption, Armut und die unzähligen Asozialen, die dazu beitragen, dass die Menschheit schlichtweg verdummt."

„Aber machen all die Probleme, die wir kennen und haben, die Welt nicht zu dem, was wir lieben?"

„Ich bewundere deinen Optimismus. Nur Geduld, mein Sohn. Alles zu seiner Zeit."

„Dave, ich hab was gefunden. Die Akte heißt ‚Eugenik Programm'. Anscheinend wollen die die Menschen mit den besten Voraussetzungen an einen bestimmten Ort bringen und jedem ein Upgrade verpassen. Mit dem Unterschied, dass diese vererbbar sind." „Krass!", antwortete er, während er interessante Akten stapelte.

Schon wieder fuhr sich John mit der Hand übers Gesicht.

„Hast du Kopfschmerzen?"

„Ja."

„Kurzzeitiges Schwächegefühl?"

„Ja."

„Empfindlichkeit gegenüber lauten Geräuschen?"

„Ja! Woher weißt du das?“

„Hattest du vorübergehende Erblindung?“

„Nein, warum fragst du mich das?“

„Wir müssen sofort dein Upgrade entfernen.“

„Waas?! Warum?“

„Keine Sorge, deine Fähigkeiten kommen wieder. Du hast kein Upgrade bekommen, sondern eine Art Turbolader für ein altes Upgrade. Du wurdest schlichtweg aktiviert.“

„Okay, wenn dadurch die Schmerzen verschwinden.“ Gabriel drückte auf seine Sprechanlage, um seine Sekretärin zu erreichen. „Bringen Sie John umgehend zu Dr. Schneider.“

„Ja, Sir.“

„Kassy, das übertrifft deinen Fund um Längen. ‚Akte Nordlicht‘. Die wollen eine makellose Welt für sich gestalten. Oh mein Gott, John hat einen riesigen Fehler gemacht! Hier ist der Übergang zu dieser Welt und Bilder. Diese Welt wird von diesen Wesen bevölkert und diese Heuschrecken sind ihre Wächter. Sieh dir das mal an. Hier steht, dass diese Welt eine einzigartige, energetische Atmosphäre besitzt. Sie wollen diese Rasse ausrotten und mit den genetisch Besten von uns besiedeln.“

„Das bedeutet ja, dass in diesem Moment möglicherweise ein Massaker stattfindet!“

Im Büro öffnete sich gerade die Tür und eine junge, hübsche Blondine stand da.

„John, kommst du bitte?“

„Ja.“

Sie verließen den Raum und Gabriel Armstrong sah nachdenklich auf ein altes Foto seiner Studentenverbindung und griff nach seinem Telefon. „Leiten Sie Phase zwei ein."